KB260314

주목나무에 주목하다

주목나무에 주목하다
강남시문학회 사화집 제8호

초판 인쇄 | 2007년 4월 15일
초판 발행 | 2007년 4월 19일

지은이 | 강남시문학회
펴낸이 | 신현운
펴는곳 | 연인M&B
디자인 | 이희정
기 획 | 여인화
등 록 | 2000년 3월 7일 제2-3037호
주 소 | 143-874 서울특별시 광진구 자양동 680-25호 (2층)
전 화 | (02)455-3987, 3437-5975 팩스 | (02)3437-5975
홈주소 | www.yeoninmb.co.kr
이메일 | yeonin7@chol.com

값 10,000원

ISBN 89-89154-79-2 03810

* 이 사화집은 출판비의 일부를 강남구청의 지원을 받아 제작되었습니다.

강남시문학회 사화집 제8호

주목나무에 주목하다

연인 M&B

따뜻한 강남을 꿈꾼다

강남은 강의 남쪽이라는 뜻이 있지만 따뜻하고 포근한 곳이라는 뜻도 있다. 춘삼월이면 강남 갔던 제비가 돌아온다는 말이 있듯이 강남은 여름 철새인 제비가 살 수 있는 곳, 즉 온화한 곳이라는 뜻으로 더 많이 쓰이고 있다.

온화한 곳, 을씨년스럽지 않고 냉혹하지도 않는 곳, 사람 살기에 좋은 곳, 다시 말해 이상향일 수 있는 곳, 우리는 이런 곳을 꿈꾼다. 우리가 '강남시문학'이란 말을 쓸 때에는 단순히 한강의 남쪽이 아닌 이상의 세계를 의미하고 있다.

현대인은 기계적 질서 속에서 비정에 시달리고 있으며 몰인간성의 작은 조직 속에서 번민하고 있다. 우리 인류가 지향하는 이상은 이것이 아니었는데 세상은 우리의 이상을 외면하면서 역주행하고 있는 것이다.

'강남시문학회'는 이렇듯 역주행하고 있는 세상의 물길을 돌려놓는데 조금이라도 기여하고자 한다. 강남같이 따뜻한 세상, 포근하고 인간미 넘치는 누리를 만들어 가자는데 우리는 모두 동의하고 있다.

본시 시의 효용이란 따뜻한 인간성의 회복 내지는 옹호에 있다. 물질적 가치관의 팽배와 과학적 메카니즘의 고압적 위세가 세상을 지배하면서 우리 인간성은 왜소화되고 황폐화되었다. 그리고 우리의 고민은 점점 깊

어만 간다. 우리 시인들은 이러한 고민을 안고 가녀린 몸부림을 하고 있
는 것이다.
  우리는 정말 몸부림으로 따뜻한 강남을 꿈꾼다. 비정과 돈만이 가득한
강남이 아닌, 상업적 비즈니스와 허무한 처세만이 넘쳐나는 강남이 아닌
따뜻한 마을을 꿈꾼다. 문학을 알고 예술을 감상하면서 가슴 가슴에 온기
를 흘려 보내고, 영혼을 앓아가면서 인간의 진실과 본성에 다가가기 위해
'강남시문학회' 는 시를 쓴다.
  우리들의 시가 민들레의 씨앗처럼 비록 작고 가벼울지라도 어딘가에
날아가 그 척박함을 덮어줄 노란 꽃으로 피어날 수 있기를 기대한다. 그
리고 우리는 끊임없이 이러한 씨앗들을 공중에 날려 보낼 것이다. 망망하
고 아득하여 숨이 멎을 것 같은 공중에.

2007년 봄

강남시문학회

회장 문효치

| 차례 |

3. 날개처럼, 날개의 깃털처럼

5. 꽃이 진다

1

또렷하게 떠오르는 어린 시절의 기억들

- **자선 대표시**
  블랙홀
  한 돈쯩 금반지 하나
  감자밭

- **시화**
  나의 시의 틈새

블랙홀

같은 동네에 사는 이종택과 함께
白雲池 아래 放鶴里에 사는
초등학교 동창 김종명이네 집에 놀러 갔다
멍석에 널린 고추가 뙤약볕 같이 따갑고
함석지붕에는 하양 박이 탐스러웠다
누렁이 한 마리가 마당에서
제 똥냄새 맡다가 꼬리를 쳤다
찰칵! 한 장 찍고 싶은
우리 농촌의 옛 풍경 속으로
재작년 추석 무렵에 무심코 쑥 들어갔다

안방에서 머리가 하얀 안노인네가 나왔다
어릴 때 친구 집에 놀러 가면
나는 어른들께 답작답작 큰절을 잘했다
그러면 친구 어머니가 씨감자도 쪄주고
보리쌀 안쳐 더운밥도 해 주곤 했다
종명이 어머니가 여태 살아계시는구나!
나는 얼른 큰절을 하려고 했다
그 순간 몇 만 분의 1초의 시간이 딱 멈추었다
종명이가 제 어머니에게 말하는 소리가
우주에서 날아오는 초음파처럼 아득하게 들려왔다
─임자! 술상 좀 봐!
초등학교 동창 마누라에게 큰절할 뻔한 나는
블랙홀에 빠진 채 허우적거렸다

머리가 하얀 초등학생 셋은
무중력 우주선을 타고
저녁놀 질 때까지 술을 마셨다
―放鶴里에 왔으니 鶴 한 마리 잡아다가
안주로 구워먹자 씨벌!
종택이와 종명이는 내 말에 장단을 맞췄다
―그럼 그렇고 말고지, 네미랄!
光速보다 빠르게 블랙홀을 가로지르는
鶴을 쫓아가다가
그만 나는 정신을 잃고
종택이 경운기에 실려 돌아왔다.

한 돈쭝 금반지 하나

30년 전 봄 병환이 깊은 어머니가
당신 손가락에서 금반지 빼어
셋으로 나누라고 하셨다
회갑 때 해 드린 석 돈 금반지를
큰며느리 막내며느리 손자며느리한테
한 돈쭝 반지 만들어 하나씩 물려주고
어머니는 보름도 못되어
세상을 떠나셨다

어머니는 저승에서도
밤낮없이 메시지를 보내오셨다
젖이 말라 젖동냥하며 키운 게 걸리셨는지
—막내야, 밥 많이 먹고 잠도 푹 자거라
어머니의 말씀은 한결같았다
밤마다 꿈마다
어머니의 섬섬한 목소리를 수신하는 나는
아아, 저승 쪽으로 갸울은
갓난 목숨이었다

아득한 세월이 지나자
어머니의 메시지가 더는 수신되지 않았다
어머니! 어머니! 불러도
저승에서는 아무 말씀이 없으셨다
올봄 빼닫이를 정리할 때
아내가 끼고 다니다가 오래 전에 빼어놓은

한 돈쭝 금반지가 보였다
너무 가벼워서 그만 우그러진
어머니의 금반지!
금방에 가서 금반지를 고이 다듬어서
내 무명지에 꼭 끼었다
그 순간 뜻밖에도
어머니의 메시지가 들려오기 시작했다

―막내야, 냉큼 북쪽으로 내빼거라
어머니가 보내는 메시지가
전과는 아주 달라서
처음에는 혼선이 된 줄 알았다
금반지의 원자량이 내뿜는 파장이
가는귀먹은 나에게
이명을 일으킨 것은 아닐까
금반지를 손가락에서 얼른 빼자
메시지가 딱 멈췄다
다시 끼면 금세 메시지가 또 왔다

그날 이후 내 무명지에 낀
한 돈쭝 금반지는
어머니의 말씀을 수신하는 안테나가 되었다
어머니는 밤마다
팔베개하고 나를 재우면서
자근자근 속삭였다

―북쪽에서 쏜 미사일로 보호받는 남쪽은
여태 고정간첩들이 판을 치고 있으니*
창씨개명한 놈 애최 싹 없애 버린
굶주려도 배짱과 뚝심이 있는 북쪽으로
막내야, 냉큼 내빼거라

나는 곰곰 생각에 잠겼다
어머니의 말씀을 거역하는 놈은
개돼지나 다름없는 법!
내 청춘 다 바쳤지만
결국 꼴뚜기로 끝장나 버린
나의 조국을 아예 버리자!
동냥젖으로 목숨을 부지했던
그 옛날의 막내는
이제 허허로운 백발이 되어
한 돈쭝 금반지를 나침반 삼아
꼭두새벽 휴전선을 넘어
북쪽으로 냅다 달려간다.

* 오탁번, 『고정간첩에 관한 명상』, 〈벙어리장갑〉 (문학사상사, 2002) p.80
―영남의 재야 사학자가 식민사관을 퍼뜨리는 이병도를 일본의 고정간첩이라고 대구고
등검찰청에 고소하였다(조선일보, 197×년 ×월 ×일).

감자밭

　—애련리 장금터에 사는 내 친구 김대웅(65)은 밭농사 논농사 자식농사
다 잘하는 동네에서 이름난 농사꾼이다

흙냄새 향기로운 감자밭 이랑에
하양 비닐을 씌우는
대웅이 내외의 주름진 이마에는
뙤약볕 같은 구슬땀이 영롱하다
남편은 비닐을 앞에서 끌고
아내는 뒤에서 그걸 잡고 있는데
비닐 끝을 흙으로 덮기도 전에
자꾸 앞으로 나가니까
소를 몰 때 하듯이 아내가 말한다
—워! 워!
그 말을 듣고
남편은 씩 웃으며 한마디한다
—워, 라니?
흙을 다 덮은 아내가 말한다
—이랴! 이랴!
은하수도 뛰어넘을 만한 힘센 황소를 몰듯

신방에 들어가는 신부처럼
가지런한 감자밭 이랑은
물이랑 되어 찰랑이는 비닐을
비단 홑이불처럼 덮고
제 몸을 어루만져 주기를 기다린다

대웅이 내외는
바소쿠리에 가득한 씨감자 눈을
비닐을 뚫고 하나하나 꾹꾹 심는다
멧돼지와 고라니들이 내려와
감자를 반나마 나눠먹을 테지만
주먹만한 감자알을 떠올리며
새흙을 덮어 다독여 준다
감자밭 이랑은
아기를 잉태한 새댁처럼
다소곳이 엎드린 채
감자알이 여무는
하지 날 긴긴 해를 꿈꾸고 있다.

나의 시의 틈새

1. 은행나무와 큰집 제삿날

고향을 떠나와 객지에서 사는 수백만 명의 사람들이 추석이 되면 고향을 찾아가서 성묘를 하고 차례를 지낸다. 아마도 전세계에서 우리 민족만큼 옛 조상을 섬기는 일에 온 정성을 다하는 민족은 없을 것이다. 그만큼 가문의 뿌리에 대한 긍지가 높아서 족보를 중시하여 대대로 물려주는 풍속도 일반화되고 있다. 나도 물론 同福 吳氏 족보가 있고 추석이면 고향으로 성묘를 가고 큰집에 가서 차례를 지낸다.

『山林經濟』에는 이상한 은행나무에 대한 이야기가 나온다. 근처에 다른 은행나무가 없는데도 열매를 맺는 암 은행나무가 있는데, 이는 강물에 비친 제 그림자를 숫놈으로 알고는 열매를 맺는다는 이야기이다. 나는 이것을 자손이 번성할 것을 바라는 조상의 마음으로 바꾸어 시를 쓴 적이 있다. 은행나무와 인간을 넘나드는 일종의 族譜(Family Tree)를 만든 셈이었다. 그것도 몇 백 년의 족보가 아니라, 1만년 전의 빙하기에서 시작되는 시적 상상력의 족보를 형상화시킨 셈이었다.

할아버지 산소로 가는 강 언덕에
아름다리 은행나무 한 그루가 있는데
번성한 자손 바라는
할아버지의 마음인 듯
다닥다닥 해마다 은행이 열린다
근처에 은행나무 숫놈이 없지만
강물에 비치는 제 그림자를
늠름한 제 짝으로 생각하고
정받이를 하는 은행나무

만년 전 빙하기 때
마주 보고 서 있던 은행나무는
얼음에 갇혀 숨을 거두고
불 같은 사랑 혼자 꿈꾸며
뛰어난 상상력으로 빙하기를 견딘
그 옛날의 암 은행나무 한 그루가
할아버지 산소로 가는 강 언덕에
홀로 다산성을 뽐내면서 살고 있다고
자손들은 믿는다

지구를 뒤덮은 빙하 때문에
꽃을 피우고도 열매를 맺지 못한 채
숫놈과 생이별한 한을 푸느라고
아름다운 암 은행나무는
사랑의 열매를 알알이 낳고 있는데
빙하기가 다시 오면
나의 사랑은
무슨 나무로 살아남아서
절멸의 시간을 넘어서고 있을까.
—오탁번, 〈은행나무〉

  빙하기를 견디고 살아남은 몇 안 되는 식물 가운데 하나인 은행나무는
암수가 마주 보고 서 있어야 꽃이 피고 열매가 열리는 나무이다. 그런데
어느 동네에 암 은행나무가 한 그루밖에 없는데도 은행이 열리는 것을 보
고 사람들은 그 암 은행나무가 강물에 비친 제 그림자를 숫놈으로 알고
있기 때문이라고 믿었던 것이다. 이런 류의 이야기는 각 지방마다 약간
씩 다르기는 해도 널리 퍼져 있는데 여기서 중요한 것은 은행나무가 서
있는 공간이 꼭 산소 근처이거나 宗家나 큰집 앞이라는 사실이다. 조상
숭모라는 의식과 혈연으로 이어진 가족간의 유대를 은행나무에 빗대고

있는 것이다.

추석이 되어 큰집에 모여 제사를 지내는 사실은 살아 있는 이승의 후손들이 세상을 하직한 저승의 조상들을 만나는 엄숙한 해후의 시공이 된다.

한자리 못 앉아 있는 마음일 때,
친구의 서러운 사랑 이야기를
가을 햇볕으로나 동무 삼아 따라가면,
어느 새 등성이에 이르러 눈물나고나

제삿날 큰집에 모이는 불빛도 불빛이지만,
해질녘 울음이 타는 가을江을 보겄네.
ㅡ박재삼, 〈울음이 타는 가을강〉 부분

혈연의 정을 노을 비낀 강물결에 슬쩍 빗대면서, 제삿날을 맞아 큰집을 찾아오는 대가족의 구성원들이 불빛이 고운 호롱불 아래 도란도란 이야기하는 소리가 금방이라도 들려올 듯한, 우리 민족의 원형질적인 시적 담화라고 하겠다.

2. 쥐에 관한 명상

쥐불놀이 하다가 눈썹 태우고
시래기죽 먹고 잠든 겨울밤
쥐불연기에 수염을 그슬린 쥐들이
눈썹 태운 나와 더 놀고 싶다는 듯
쥐오줌 자국 난 천장을 밤새 달렸다
씨옥수수 갉아먹던 새앙쥐들도
이불 속까지 기어 들어와
내 어린 발가락을 자꾸 깨물었다

고드름이 제 무게에 툭툭 떨어지는
아침이 밝아 오면
내 꿈길까지 따라오며 보채던 쥐들은
일곱 문 반 내 고무신에
봉숭아씨처럼 예쁜
쥐똥만 남겨놓고 숨어 버렸다.
　　　　　　　　　　—오탁번, 〈쥐〉

　요즘 들어 특히 금방 약속한 일도 까먹는 경우가 비일비재하고 지나간 일들, 나를 울리고 괴롭히던 수많은 일들도 흐릿한 안개 속의 풍경처럼 시간과 공간 그리고 그 시공 속에 존재했던 적대적 등장인물들도 전혀 생각이 나지 않을 때가 많다. 그렇지만 나이가 들면서도 더욱 또렷하게 떠오르는 것은 어린 시절의 기억들이다. 글자도 제대로 익히지 못한 채 그냥 서툰 그림일기로만 그렸던, 이제는 다 망각한 줄 알았던 아득한 일들이 또렷하게 떠오르는것이다.

　기억력은 쇠퇴해졌지만 나의 마음은 한없이 평화롭다. 그동안 많은 세월을 살아오면서 겪었던 불쾌한 일이나 악독한 것은 저절로 다 잊어 버리게 되고, 저녁 연기 피어오르는 들판을 뛰어다니며 놀던 어린 시절의 '나'가 순진무구한 모습으로 자꾸 떠오르기 때문이다. 지지고 볶고 따따부따 따지면서 비평하던 버릇은 거짓말인 듯 싹 사라져 버린 것이다. 그러므로 누구를 미워하고 타산적으로만 대하는 일과는 자연스럽게 작별하게 된 것이다. 知天命이나 耳順이라는 옛말도 나이가 들면서 변할 수밖에 없는 기억의 패러다임을 관념적으로 말한 것은 아닐까. 지금 나는 지천명의 노을을 바라보면서 쉬엄쉬엄 耳順의 저녁답으로 발걸음을 막 옮기고 있는 중이다. 강화도 저수지로 낚시를 갔다가 민박집에서 하루를 묵을 때의 일이다. 밤이 깊자 민박집 천장에서 쥐 달리는 소리가 들렸다. '쥐가 달리는 방에다 민박을 치다니 이렇게 불결할 수가 있나' 하는 생각은 전혀 안 들고, 쥐달리는 소리가 들리자 문득 어린 시절의 내 모습이 떠올랐다. 옛 동갑내기를 만난 듯한 기분까지 드는 것이었다. 비록 배는 고팠지만 행복했던 어린 시절이 마냥 그리워지는 것이었다.

　아침이 되어 민박집 천장에서 쥐 달리는 소리가 더는 들리지 않자 오히려 섭섭한 마음까지 드는 것이었다. '고드름이 제 무게에 툭툭 떨어지는/아침이 밝아 오면/내 꿈길까지 따라오며 보채던 쥐들은/일곱 문 반 내 고무신에/봉숭아씨처럼 예쁜/쥐똥만 남겨놓고 숨어 버렸다' 라는 표현은 바로 이 마음을 나타낸 것이다.

＊약력 : 1943년 충북 제천 출생. 1967년 중앙일보 신춘문예 당선.
시집 『겨울강』 『1미터의 사랑』 『벙어리장갑』 등.
한국문학작가상, 동서문학상, 정지용문학상, 한국시협상 수상.
(원서문학관 : 충북 제천시 백운면 애련리 198번지)

2

인왕산 소나무

문효치　박남주　박재화　박정원　박정이
박해림　방지원　배경숙　백우선　송봉현
신광철　신현운　오자영　우재욱　윤정옥
이 경　이복자　이수영　이숙희　이인철
이태규　장태숙　조임생　최금녀　최진화
하두자　권미자　김계영　김광옥　김금용
김세영　김연자　김영은　김인욱　김정임
　　　　　　　　　　　　김한순　나순자

문효치

청계천

손바닥에 운하를 판다

건물과 다리를 띄운다
미당의 국화 한 송이 띄운다
구상의 하꼬방 치한의 깃발도 띄운다
미궁으로 흘러가 버린
과거로 가는 길

짙은 안개로 잠겨 있는
자물쇠를 연다

번민의 밑창에 갈앉은
몇 십 년 지나간 연대의
흑백사진 속 사물들을
건져 올리며

운하에 물을 흘려 보낸다
배 하나 띄운다.

박남주

인왕산 소나무

미스코리아마냥 몸에 띠를 두른 아가씨가 시식하라며 솔잎주스를 건넨다

요즘 너도나도 웰빙 웰빙 하는데 솔잎주스만큼 몸에 좋은 게 없어요 어
머니들이 송편을 찔 때 솔잎을 까는 것도 그런 이유에요 송화주도 몸에 좋
구요 그럼 나도 아가씨처럼 늘씬한 몸매가 될 수 있나요? 군살이 빠지고
머리가 맑아지나요?

아가씨가 건넨 솔잎주스의 향긋한 솔 내음을 따라 십 년 전 이십 년 전
으로 거슬러 올라간다 떡시루에서는 김이 모락모락 나고 내가 인왕산에
서 따 온 솔잎을 송편에서 하나하나 떼어내는 어머니 송편이 참기름 옷을
입고 광주리로 옮겨질 때까지 군침을 흘리며 지루하게 기다리는 나 잔뜩
부풀어 오른 보름달을 바라보며 간절히 소원을 빌었었지 그때 그 소원이
무엇이었더라? 이루어졌던가? 이루어지지 않았던가?

지금 내가 마시는 솔잎주스 속에 그 옛날 내가 따 온 솔잎이 들어 있네
바라보며 소원을 간절히 빌던 그 보름달이 여기 환하게 떠 있네
숨바꼭질하던 친구 옥이며, 꽁꽁 언 손 호호 불어가며 지치던 경회루 스
케이트장이며
가려져 있던 구름 속에서 나와 앞서 가며 어서 따라오라 손짓하며

인왕산 소나무 그늘에 드러누워 달콤한 꿈을 꾸는 열두 살 소녀에게.

박재화

한강을 건너며

아침마다 主祈禱文을 왼다

소망은 멀고
가도가도 굽이길
넋 놓은 도회는 갈기를 세우고
강물도 저만치 배를 앓는다
물풀같이
어린 고기떼같이
삶은 두려워라
돌아오는 길의 주머니엔 언제나
눈물처럼 빛나는
『求安錄』

저녁마다 主祈禱文을 왼다.

박정원

눈이 거꾸로 쏟아진다

이곳에선 눈이 땅에서 쏟아진다
빌딩과 빌딩 사이를 휘도는 바람에 온몸을 맡기고
다시 치솟는 눈송이
손도 발도 없이 허우적거린다
세종로 그 넓고 큰 공간에 아주 작고 여린 몸 하나 뉠
마땅한 자리 어디 없었을까
잠깐잠깐 망설였던 그 선택의 시간이
한겨울을 온전히 지날 수 있는 눈밭으로 남을 것인가
차바퀴에 깔릴 목숨이 될 것인가 작심해야 하는
마지막 갈림길이었으리라
어디 마땅한 자리 만들어놓고
기다리는 사람 있었던가
빤히 내려다보다가 이곳에 오라 하면
누구라도 내리고 싶지 않았을 광화문 네거리에
눈도 귀도 없는 것이
서울의 속사정을 어떻게 알았는지
다시 오르려다 힘에 부쳐
손바닥에 살짝 앉는 눈송이 하나
온몸이 눈물이다.

박정이

목련화
―선릉에서

살풋한 입술,
하얀 숨결 내쉬며
가는 목 벙그는 송이송이

한밤 내 나의 잠 설치고
봄의 문턱에 내 마음 흘리던
한 그루 목련화

그 몽오리
방싯 나를 반길 때

창가 어리는 실루엣
누구의 연서인가

꽃바람 일면
그대 발길 좇아
훨훨 나비되어 가네.

박해림

꽃피는 다리

해가 하류로 떠내려가자
한강대교 난간에 다닥다닥 맺혔던
수많은 꽃봉오리들 기다렸다는 듯
일제히 빛을 쏘아올린다
내 몸 어딘가에도 꽃피울 봉오리 하나쯤
맺혀 있을 것만 같아
어둠 속 몸을 자꾸 더듬어 보는데
움푹움푹 파인 자리 만져 보는데
애야, 쭉쭉 하늘도 모르게 잘 커야 한다
모진 맘 먹고 저 다리 건너야 한다
에미 걱정하지 말고 니 걱정이나 해라
그때의 말씀들은 다 어디 가고
도회지 수십 년 세월이
다리 기둥에 걸려 자꾸 넘어진다
빛들, 쉴 새 없이 꽃을 쏘아 올리고
공중 어디쯤에서는 꽃들이 지는 소리
꽃 진 자리에서 빛들이 자지러지는 소리
밤새 꽃봉오리 이명을 앓고
오늘도 사람들, 가슴에 다리 하나 품고 강을 건넌다.

방지원

긴 아쉬움

아직도 나를 찾는 우편물이 오고 있나요

강물이 솟구쳐 보석이 되는 밤
뒤꿈치에 역마살 붙인 내 구두는
별들을 베고 누운 반포대교를 건너
내가 아름다운 시절을 보냈던
바로 그 집으로 간다

책가방 위에 올라서서
엘리베이터 안의 버튼을 누르던 막내가
직장인이 될 때까지 우리를 지켜본
강 건너 찬란한 불빛들은
우리가 강을 건너려고 할 때
굳게 닫힌 현관문을 얼마나
세차게 두드렸을까

그를 매정하게 떠나온 이후
지금은 근처에만 가도 목이 메어
건너온 강물이라도 한 사발 들이키고 싶다

아직도 나를 찾는 내밀한 언어가 도착하고 있나요.

배경숙

강남 사람

30여 년 전 봉천동 신흥 주택가에 짐을 풀었어
그 후에도 언제나 강남이어야 한다는 무의식의 소치가
늘 따라다녔어
그건 부산에 한 발이라도 빨리 닿을 수 있다는 강박관념이었어
언젠가는 돌아가리라 했던 부산은 이제 길도 낯설고
선뜻 내려서기가 도로 어색해졌어
초고층 빌딩과 vvip마케팅과 첨단 매체가 동원되는 강남으로의 외출은
애초에 정신없이 먹어대기 시작한 슬픔 때문이었어
일확천금을 거머쥔 가학의 도시에서
나보다 먼저 시민권을 얻은 소음과 매연, 비대해진 공해와
어깨를 겨루며 도망치는 것이었어
그러니까 한강 둔치를 배회하며 하릴없이 똥이나 흘려대는
비둘기들의 뚱뚱한 식욕을 일찌감치 따돌린 거야
아침 해장으로 컵라면 봉지를 뜯으며 뒷통수를 긁적거리다 보니
한강 아래쪽 사람이 된 것이야
아! 서울, 서울 코리아! 서울에서 산다
그러나 타락해 가는 자신을 용서하는 길 그건
아직도 '부산' 팻말만 보면 가슴의 울렁증이 도진다는 것이야

한강

아래로 흐르는 흐름으로
옆으로도 흐른다
다리를 건너
사람의 흐름으로
옆으로도 흐른다
물로 아니 흐를 발길이
어디 있으랴

아래로 흐르는 흐름으로
위로도 흐른다
낮아 낮아져 높푸른 숲빛
산골 샘물의 반짝임으로
위로도 흐른다
빛 맑은 근원 잃은 물길이
어디 있으랴

하늘로도 흐른다
품었던 해와 달의 항행
솟구치는 고기들의 별빛
아래로 흐르는 흐름으로
하늘로도 흐른다
드높음의 아름다움 잃은 눈길이
어디 있으랴.

송봉현

겨울 테헤란로

찬바람은 걸음을 재촉하고
걸음은 세월을 찍어 깎는다

흔적 없이 찍히면서
남은 시간만 줄어든다
팔팔한 삶만 축난다

한때 친했던 이란,
그래서 붙여진 길 이름 테헤란로
이젠 빛바랜 카―펫
테헤란의 서울 길도 마찬가지겠지

'영원한 친구 없다'는 냉혹한 국제사회 속에
우리는 지금 어디 서 있는가

가로수 후려치는 바람에 허정허정
초겨울 얇은 햇살이
테헤란로 위에 비틀거린다.

신광철

하늘공원

하늘을 가로질러 가는 새는
어느 순간 하늘이 되지요
점 하나 남기지 않고
하늘이 되지요
그대와 나의 사랑도
점 하나
남기지 않고
사랑이 되겠지요.

신현운

구파발 삼거리에서

누구에겐가 길들여진다는 것은
익숙함에서 오는 편안함과는 분명 다른 것이다
한여름의 장맛비는
아플 시간도 없이 살아온
내처 고단하기만 했던
내 시간의 저켠처럼
끊임없이 나를 요구하는데
이미 할말 다 잃어 버린
정지된 구파발 삼거리에서
다시 나를 돌려세우고
너의 작은 손에
나는 가쁜 숨을 뱉는다.

오자영

서울 가는 길

버스가 분침에 밀려 떠나고 있다
투명유리에 박힌 스물 몇 개의 눈동자가
달달달 굴러가며 이별을 거둬들이고
주머니에 담았던 초승달 어머니 눈썹
터미널 낡은 건물 위로 언뜻 비치다 사라진다

거리에 떠다니는 나무들
숲 우듬지에 층층건물 어수선산란한,
집에서 멀어질수록
더 가까이 다가오는 낯선 것들
고향집 떠나는 눈동자 속으로 길을 내고
서슴없이 끼어들어 들러붙는 그림자들

동서울까지만 동승하는 거다
강변역 모퉁이를 돌아나갈 때쯤
금세 모이고 흩어지는 저 구름처럼
짧은 악수도 마다한 채 달아나는 거다
제동소리 덜컥 시침에 걸리자
벌겋게 알슬기한 낯설음의 경련이 솟구쳐
어둠을 뜨악하듯 발걸음은 울렁댄다

올림픽대교 주탑 위로 숨 헐떡이며
초승달 눈썹, 가쁘게 신호 보내고 있다.

우재욱

서울에 부는 바람

시청 분수대가 내려다보이는 고층 사무실에서 바람소릴 듣는다. 지리산 세석평전에서, 김제 만경평야에서, 무주 구천동에서 무작정 상경한 바람들이 귀성열차를 놓치고 고래고래 소리를 지른다.

을지로 서소문로 소공동 무교동 빽빽이 들어선 고층 사이를 헤집고 다니면서 목이 닿는 데까지 뽑아 올린다. 가느다란 젓대가락 비좁은 대통을 빠져나오면서 휘모리 장단 숨찬 고개를 찢어질 듯 기어오른다.

바람은 머리를 풀어헤치고 딴엔 온갖 비유를 담아 아나로그로 불지만, 인텔리전트 빌딩에 장착된 고감도 이퀄라이저는 내지르는 소리마다 마디마디 풀어내어 또박또박 디지털로 들려준다.

촌놈들 노래에 어디 난삽한 은유 한마디 있던가. 서울은 엑스레이 투시경으로 벌거벗은 바람의 사타구니, 심통이 난 속마음까지 훤히 들여다보고 있다.

굴복하라! 직유법 노래로는 안 된다. 객지땅 검댕 같은 문지 덕지덕지 묻히고선 돌아가지도 못한다. 이제 그만 날개를 접고 서울땅 분수대 앞에 납작 엎드려라. 아직은 더운 피가 흐르는 내장, 투박한 사투리 文法까지 죄다 까발려 놓기 전에…….

윤정옥

서울, 여기가 고향인가

서울은 주막집 주모다
밥 주고
술 주고
몸 주고
눈물도 준다

뭐든 거저 준다고 한 적 없다
공짜는 없다
돈 내야 하고
사랑 보내야 한다
말라붙은 피딱지는 통행증이다
떨어지고
깨지고
흠씬 두들겨 맞아서
만신창이 몸과 마음으로
비척거리며
해거름 주막집에 들어설 때
비로소
물컹한 젖가슴에 안길 수 있다

고향 찾아가는 길
여기가 고향인가 착각할 때
그 순간이 가장 행복하다.

이 경

서울 봤나?

서울에서 진주는 천 리라는데
서울의 천 리 밖에서 나는 태어났다
걸음을 배울 때 어른들은 내 머리통을 맞잡고
하늘 속으로 높이 치켜 올리며 물었다
서울 봤나?
눈물이 쏙 빠지도록 귓바퀴가 얼얼해서는
서울 봤다!
라고 대답하면 내려놓았다 실은
눈에 별이 반짝 했을 뿐 아무것도 못 봤으니
하늘이 서울인가, 서울은 하늘인가 하고 생각했다
그때 어른들은 왜 귀를 잡고 혼내주면서
한사코 서울을 보여주려 했을까
내 이름 속에 서울 경자가 있다는 걸로
나는 멀리 있는 서울을 생각했을 뿐
서울로 오게 될 줄은 꿈에도 몰랐다
스무 해도 더 지난 뒤에 서울에 왔지만
스무 해도 더 오래 서울에 살았지만
실은 서울의 코빼기도 다 못 만져 봤다
고향 사람들은 나를 서울 사람이라고 하지만
나는 아직도 서울말을 못하고
날마다 오고 가는 서울이 낯설다
청량리로 경동시장으로 방배동으로
버스에서 지하철을 바꿔 타고 하루 종일 다녀도
아는 사람 하나 안 만나지는 사람의 숲에서
누구 서울 본 사람 있나?

이복자

춤, 청계천 살풀이

강물은 흐르고
바람은 세월 속에서 청계천을 꺼내놓고

원혼의 살이 풀리면
이토록 찬란한가, 몇 십만 인파
불꽃으로 한밤을 사르는 서울의 가슴에

장삼을 입어야 할 고궁박물관의 영혼도
알몸으로 경복궁을 나와
현란한 살풀이 굿판 앞에 잠시
이내 광교 위에서 한 꺼내 풀어놓고 바라보는

물줄기는 흐르는데
강물 위에 터 잡았던 헌 책방과 만물상 원귀들
조명 속에서 애환을 추억으로 바꾸는 숭고한 몸짓은
처절하게 옹벽을 머리 받아 낭자하는 허무를
찬찬히 훑어, 불쑥불쑥 빌딩 숲으로 던져 올리는

단군 이래 가장 비싼 굿판으로
살맞은 역사에 돋은 새 살은
세상을 흔들며 어둠을 헤집고 터진 화려한 꽃,
저 크나큰 춤사위 뒤로
할아비와 아비와 손잡은 아이의 길 위에
아름다운 피부 되어 꽃답게

억만 년을 청계천은 흐르고
위에 바람 불고
강물이 흐르고……

이수영

나는 지금 뭘 하고 있지

남산골 필동 외할아버지
바람 따라 만주로 가 버린 전주 본관의 할아버지
모두 어디로 갔는지
서울은 모른다, 모른다고 한다

속 깊게 한강이 흐르듯
유민들은 서울을 넓게 안았다
내 어릴 적 이백만이던 시민이
머리를 땋았을 땐 사백만
올 정월엔 천만이 넘었다

폭발의 위력을 가지고
자연발생의 비만증으로
골다공증에 동맥경화로
몹쓸 병에 걸리지 말라는 법 어디 있나

알만한 사람들은
혀와 붓으로 무기를 삼고
살상까지 일삼다가
자리 하나 뽑는데 당파는 왜 만드나

할아버지가 살다간
이 땅 위에 굳건히 섰어도
어쩐지 오늘의 내 서울은
고향 같지가 않구나.

이숙희

인사동 샛길에 들면

인사동 샛길에 들면 그 사람의 흔적을 만난다
흐르는 시간은 관심을 벗어나고 기억은 잊혀질 때 아름답다던가
마음을 여는 자리 또한 늘 더디어 참 오래 기다려야 되겠다
시멘트와 비닐과 송곳과 철근이 도시를 움켜쥐고
신명난 춤판이 자동차를 굴리며 포크레인을 들썩일 때
나무와 꽃은 제 몸을 꺾으며 온실로 들어갔다
오리들도 샛강을 거슬러 기억의 숲으로 잠적했다
그 사람이 머물던 자리에서
풀과 바람과 강물은 서로의 상처를 할퀴었고
가로수는 무장한 숲에 가려져 황달에 뜬 얼굴을 긁어댔다
채이며 뒹굴며 어딘지 모를 곳을 중얼중얼
주문처럼 떠돌던 그 사람을
종소리에 이끌려 따라갔더니
다리를 절룩이며 들마루에 나와 해바라기하는
아아, 오래 웅그려 눈이 더 깊어진 코끝에 연신 침을 바르는
그 사람이 덥석 나를 당긴다
낯선 주문처럼 더부룩 자란 유황빛 잇바디
악수하며 포옹하며 무리지어 날개 짓는 순한 눈길은
오래 코끝이 벌렁거리는 엄마의
엄마의 그 엄마의 기억을 풀어 널며
꿈틀 가르마를 드러낸 시간을 깊은 다락 수줍은 광에서
또는 토담집 벽장에서 푸른 수의를 벗고
푸르게 길을 만들며 바야흐로
시간의 간극을 좁히면서 느릿느릿
출렁출렁 인사동 샛길로 모여들며 허벅지게
햇볕을 쪼이는 거다.

이인철

기도

바다를 보면 일으켜 세우고 싶다
그래서 하늘에서 땅으로, 땅에서 하늘로 바닷물이 흐르고
이루어지지 않은 기도문을 병 속에 밀봉하여 하늘로 보내고
하늘로 먼저 간 친구에게서도 편지를 받고 싶다

바다를 보면 일으켜 세우고 싶다
땅에서 시작된 태풍으로 하늘의 작은 별 몇 개가 떨어져
구름 낀 밤에도 지구에 별이 뜨고
신의 정원 황금 과일도 둥둥 떠내려와
한 입씩 맛보았으면 좋겠다

바다를 보면 일으켜 세우고 싶다
그래서 달나라나 화성쯤에 바닷물을 대어
거룻배 타고 노 저어 가서
우주인과 같이 살고 싶다

바다를 보면 일으켜 세우고 싶다
하늘에서 날마다 싱싱한 생선들이 팔딱거리며
달동네 마당에 떨어져
배곯는 사람이 없었으면 좋겠다.

이태규

서울의 자화상

아파트 느티나무 가지에
회색빛 양말 한 짝이 걸려 있다
며칠 전 바람이 심하게 불던 날
꼭대기 층에서 떨어진 양말
끝없이 아래로 추락했던
두려움으로 미동도 하지 않는다
아래로 또 떨어질 수 있다는
공포감으로 잿빛 얼굴이 되었다
바람이 또 한 차례 지나가자
나뭇가지는 요동을 친다
양말은 온몸을 웅크리고
두 손으로 바짝 가지를 움켜잡는다
바람이 별 탈 없이 지나가자
새카맣게 오그라진 얼굴은
금방 빨간 석양빛으로 물든다.

장태숙

아름다운 휴식

산모퉁이 풀숲
아침 안개의 젖은 옷깃 스치고 간 자리
축축한 네 개의 동그란 발들 풀숲에 묻고
말간 얼굴로 깨어나는 쇼핑카트 하나
도대체 그것이 왜 그곳에 있는지 알 길이 없다
누가 이 깊은 산속에 방치했을까
어느 마트 매장에서 일생을 벗어나지 못했을
손과 손에 붙들려 무거운 일용품 끌어안고
힘들었을 그의 생애를 떠올린다
일상을 탈출한 자의 평온한 미소와
직무 박탈당한 퇴직자의 암울한 눈빛이
겹쳐지는 어느 지점
바람이 나뭇잎 물결을 일으킨다
안간힘 쓰듯 이슬방울 촘촘히 돋아난 뼈 마디마디
산 위에서 굴러 내려온 여린 햇살이
가만히 다가와 따뜻한 수건으로 닦아준다
아직 용도폐기 상태가 아닌 온전한 쇼핑카트
'열심히 일한 당신, 떠나라' 라는 광고 문구처럼
삶의 짐 잠시 부려놓고 쉬고 있는 걸까
지난밤 꿈속 되짚어 가는지
세상 등진 산속 휴식 어색하기만 한지
가끔 구름 한 올 잡아당겨 가슴에 담기도 하고
하늘 가르고 나는 새들에게 마음 주기도 한다
다시 어느 손에 붙들려 세상으로 환속될지라도
그래서 다시 곤고한 노동의 생을 살지라도
지금 녹슬 듯 늙어가는 하루하루가
슬프지만은 않을 것 같다.

조임생

서울 찬가

서울이 언제 스모그의 도시였던가
태양이 물이랑을 갈아엎는 시간
빛의 물고기들이 튀어 올라
등 푸른 건반을 가볍게 두드리고
유리구슬 몇 섬의 맑은 노래가
물결 위에 쏟아져 내리는 아침

그대여, 천만 시민의 젖줄 한강 둔치에 서 보라
넘실거리는 물굽이엔
갑판 가득히 금빛 햇살을 실어 나르는 유람선
작은 부리에 한 조각씩의 희망을 물고 날아오르는 물새들
은빛 자전거와 인라인 스케이트가
싱싱한 젊음의 레일 위를 질주하는 데
청계 푸르른 물길이 또 하나 열렸다는 반가운 소식
버들치와 메기가 나들이 가고
백로와 황조롱이와 쇠오리 한 무리가
신천지 청계천으로 이주해 갔다는 소식

아, 우리의 서울
사람과 함께 노루 사슴이 뛰노는 서울숲
지난밤 불면의 언저리를 서성이던 그대여
지상에서 버스를 타고
지하에서 전철을 타고
꿈꾸는 서울을 한 바퀴 달려 보라
두근두근 서울의 맥박 힘차게 뛰는 소리를
가슴 깊이 뜨겁게 느껴 보라.

최금녀

조용히 불러 보는 그 이름

언제나 그 앞에 서면 몸이 떨리네
이유없이 좋은 거야
이유없다는 것은 마음이 이어졌다는 뜻이지

그의 이름 소리내어 불러 보면
가슴이 따뜻해지네

모두가 흠모하는 이름
그의 아호를 조용히 읊조려 보네
오래 간직하고 싶네

내 안에 은어처럼 뛰어오르는 그 무엇
내 안에 설레는 그 무엇의 뜨거운 숨결

초록이 싱그러운 한여름
강기슭에 앉아
그의 참 모습을 바라보고 있노라면
그 물결 갈피마다
새날을 설계하는 뜨거운 숨결이
마음 설레게 해
그의 숨결에
내 꿈 모두 바치고 싶네

그의 이름 눈부시게 반짝이네

반짝이며 흘러가는 영원 속으로
나 꿈꾸며 따라서 흘러가고 싶네

조용히 불러 보는 그 이름 서울.

최진화

그 골목길

삼십 년 만에 우연히 그 길을 찾았을 때
길도 늙어 있었다
높다란 담장들은 난쟁이처럼 쭈그러들었고
혼자 걷기에도 갑갑한 그 길은
고무줄놀이를 하던 기억 속의 광장이 아니었다
계집아이가 먹고 자란 세월이
길 구석구석 묵은 그림자로 눌어붙어
늦가을 오후 햇살에 시름시름 졸고 있었다
내가 살아온 빗살무늬 같은 시간들만큼
길도 수많은 시간들을 가슴에 새기고 보듬었을 것이다
바닥에 드러누워 섬광처럼 지나가 버린
그 시간들을 길에게 부려놓고 싶었다
물결처럼 내 몸을 간질이며
길도 사라지려 했던 기억들을 조용히 게워내리라
서울시 서대문구 충정로 그 골목길.

하두자

잠원역

전동차가 길을 열고 있다
숨 가쁜 사람들 틈새에서
내 마음만 먼저 보내고

뽕나무 그늘, 잠원역에서
다음 차를 기다리고 있다

맞은편 벽 거대한 누에가
타일벽에 그림자처럼 붙어 있다

뽕잎을 갉는 누에 한 마리
사각사각
타일 한 장을 물고 있다

몇 번의 긴 잠을 잤을까

누에들이 풀어놓은 긴 줄 따라
사람들이 줄줄이 나오고 있다

내 옷을 입은 사람들이 제 몸에서
빠져 나더니 다시 승차하고

전동차 그림자는 제
그림자만 끌고 반복되는 길
위를 맴돌고만 있다.

권미자

초경 무렵
—망우리 시편 1

망우리 공원묘지 처음 올라간 날
산벚꽃이 어두워진 능선을 따라
망우리 詩편을 펼쳐놓고 있었다

흰 구름 같은 꽃들을 머리에 인 산벚나무
꽃비를 뿌리며 온 산을
환상 속으로 몰아가고 있다
소리도 없이 내리는 꽃비 가운데
소쩍새 울음소리가 튀어나왔다

내 가슴은 두근두근
아련한 울음소리는 커졌다 작아졌다
산 아래 야경은
환해졌다 어두워졌다

오리무중의 새를 찾으려고
구름으로 머리를 환하게 밝히고 서 있는
나무를 올려다보다 고개 내려보니
둥근 얼굴 슬쩍슬쩍 내밀고 있는 망자들

환청처럼 산을 울리고 있는
서러운 울음소리는
늦다, 늦다
문장을 붙들기엔 너무 늦다고
손톱만한 희디흰 詩들을
어둠 속으로 자꾸 날려 보내고 있다.

김계영

서울을 부른다

빛과 바람이
하늘 위로 쉬임 없이 쏟아지는 땅
강이 흐르고 산이 푸르러
노래하고 싶은 곳

해의 기운으로
낮이고 밤이고
지칠 줄 모르는 힘이 솟아나
신선한 즐거움을 주는 곳

역사의 향기를 품고
의지의 숨결로 버텨 온 궁궐들이
제자리에 있음이
길이 후대에 이어질
서울의 위대한 숨결이어서
노래하고 싶은 곳

모래밭이 저 높은 빌딩군이 되기까지
얼마나 큰 힘이 필요했을까
홍콩보다 시드니보다 프라하보다
불빛이 화려한 한강에
서울 사람들의
물소리 같은 이야기들이 오늘처럼 흐르고 있다

정말이지
오래 오래 살아갈 땅
가슴이 앞서
서울을 뜨겁게 노래한다
서울이여 영원하라.

김광옥

종묘

왕은 죽어 혼백이 되고
혼백은 위패가 되어
고즈넉이 숲 사이에 잠들다

죽어서도 왕은 끝내 평가되어
부지런히 일한 왕은 앞 큰집(본당)에
사정이 나빴던 왕은 뒤 작은 집(영녕전)에
다같이 꼿꼿이 서서 있는데
그 거리라야 얼마냐 되랴

사군이충(事君以忠)
사친이효(事親以孝)
국가를 작게 축소하면 가정이 되고
가정이 모여 다시 국가가 되듯
왕들이 모여 살며
종묘가 된다

조선왕조는 왕조실록이며 백자, 금속활자를 남기고
유교며 공부하는 습관을 남기어
자손들이 그 은덕을 기리니

자손과 혼령이 한데 어우러지고
제관은 영혼에게 축문을 고하고
…… 제례악에 맞춰 무희의 옷섶에서
영혼은 나비가 되어 숲속으로 나른다

나비는 아악에 따라 제례의 使者로
본당의 지붕 위로, 처마 끝으로
이승과 저승의 경계를 훨훨 날아다닌다

영령은 동·서양과
오늘과 내일의 경계를 너머
'세계의 문화유산' 지도 위로도 지나간다

종묘 숲 사이 시공을 넘어서면
…… 나비가 날고 있다
영혼의 노래가 들린다.

* 종묘는 1996년 유네스코 세계문화유산으로 등록되었다.

김금용

청계천에서 장미 흘겨보기

서울 거리가 호사를 부린다 청계천변
새로 단장한 빌딩에 쨍한 오월 햇살이 내걸리고
'아름다운 서울' 깃발을 내건 청계천 담장
아래로 빨간 장미들이 저들끼리
살결 부딪치며 웃음 터뜨린다
오월이면 거리를 덮는 시위대 행렬도
다투어 피어오르는 장미 앞에선 속수무책인가
서울시청 앞 일요일은 아베크족으로 북적거리고
늦게 깨어난 들장미까지 담장마다
목 하나씩 내놓고 잰 손짓을 한다
서울 한복판에서 붉은 웃음이 어디 흔하던가
제 갈 길 찾지 못해 말 잃은 서민들 발밑으로
후드득 지는 꽃잎들
제 아픔인 것도 잊고 풀잎 나비를 쫓아
마음속 훤히 들여다보인다는 청계천 물길로 내려선다
검은 철창모자 눌러쓰고도 장미 흘겨보기에
마음 뺏기는 전경들
눈가엔 봄날의 게으름이 슈크림 빛으로 아지랑이 지고
서울시는
대책 없는 장미와의 전쟁을 선포한 모양이다.

김세영

다리 밟기

달빛에 흠뻑 젖은 광통교는
배란기의 내막처럼 푹신하여
오래 묵은 인연도 착상이 된다

해태의 입술에 손가락 지문을 대고
분화구 속으로 눈빛 파문을 던지자
달빛 혼령 하나가 내려와
달맞이꽃의 몸으로 스며들어
노란 저고리에 연록색 치마를 입고
난간의 그림자를 밟으며 걸어온다

우리의 나이만큼 열두 다리를 밟으면
어느 후생의 달밤에 다시 만나서
그대와 심장의 리듬을 맞추면서
손을 잡고 걸을 수 있겠는지요.

* 광통교: 청계천의 다리.

김연자

귀가

기우뚱한 공원 기슭으로
까무룩이
초로의 노부부 한 쌍
비탈길을 끌고 간다

들꽃 돋아나는 꽃밭을 지나
가파른 계단 옆 슬그머니 돌아
벌벌벌 자작나무 일어서는
희디 흰 길 끝으로
무량한 봄빛
환하게 열리는 하늘길

서로의 침침한 눈 속에서
꼼지락거리는 얘기들
도란도란 엎드려 밀고 가는
둥글어진 만년의 몸

저 아름다운 환

풍경 한 점에 실려 가는
가볍고 애잔한 저 생의 부력이여.

김영은

한강은 서울을 키우네
―서울 정도 600년에

강을 거슬러 걷다 보면
누구나 알만한 그렇고 그런 이야기
물이 살아온 소리에 귀 기울이게 되네
어제 흘렀던 강물과
오늘 흐르는 강물과
또 내일 흐를 강물이
어떻게 손잡고 흘러가는지
어떻게 서로 사랑하며 강을 이어가는지
남산을 타고 넘는 아이들의 웃음소리나
마포나루에 닿는 새우젓배 몇 척
송파주막에서 얼큰해진 봇짐장수도 만날 수 있으리
흘러가면서
쓸만한 것들 한데 모아
아껴둔 곳에 서울을 보듬고 키우며
한강은 말없이 지켜보네
잔병치레 많던 유아기도 지나
팔뚝 제법 굵어진 청년기도 지나
서울은 자라네, 쑥쑥 자라네
풍요로운 중년기를 위해 오늘도 뛰는
서울의 심줄 탱탱하고 땀 흘리는 이마가 반짝이네
강둑에 앉아 우리는 꿈꾸네
우리가 살아가는 깊고 깊은 참뜻도
이 강물 속에 흐르고 녹아
언제나처럼
내일의 그리움으로 남는다는 것을.

김인육

겨울 북한산에서

어제 하루 눈이 내려
세상은 잠시 그리운 날을 추억하였다
북한산에 가면 너를 볼 수 있을까 눈꽃
산새들은 벌써 죽고 없는데
하얗게 목이 쉰 산등성이를 표적하여
느닷없이 날아드는 한낮의 햇살
아아 네가 칼이 되기도 하는구나
순간 눈부신 겨울 산이 무참히 난자당하다
잠시 아뜩한 기억으로 유언을 생각하는가 눈꽃
피지 말아야 했을 것을, 속되게
사랑한다고 이르지나 말았어야 했을 것을
백운대는 침묵할 뿐
끝끝내 아무것도 증언하지 않고
이 시린 겨울 한철 어찌하라고
북한산은
정상에 그 푸른 소나무 한 그루 키우는 법이 없고
가슴에 무늬 지지 않을 몇 송이 흰 구름만 품은 채
억만 세월을 견디고
위험하게 그리움만 키를 키운
인수봉의 여윈 모가지 끝에, 눈꽃
찬바람에 回生하며
눈물처럼 빛나고.

김정임

서울 메트로

새벽 6시 선릉 환승 종착역
전동차 안에서 많은 사람들 빠져나오고 있다
홀가분하게 가벼워진 몸으로 심호흡하는 전동차
졸린 눈을 부비며 다시 출발하는데
전동차 안에 정신없이 잠들어 있는 중년의 사내는
안내 방송을 듣지 못한 채 홀로 남겨졌다
잠이 든 피곤한 뒷모습이 잠깐 차창에 얼비치다
까무룩히 사라진다
뒷날개로 찬 바람을 쏴아 뿌리며
남자를 싣고 어스름 속으로 사라지는 전동차
순간 전동차가 남자의 해저 같은 잠 속으로
스르르 빨려 들어가고 있었다
이제 남자의 깊은 잠 속에 갇혀
남자가 안내하는 잠의 바다를 유영하며
끝없이 달리기 시작하는 전동차
깊이를 알 수 없는 그 잠의 바닥으로
서툴게 헤엄치며 알아들을 수 없는 남자의
잠꼬대가 만들어 놓은 길을 따라 달리는 전동차

남자의 깊은 잠 속에 언제까지나 매달려
출렁이는 잠의 물살을 헤치며
멀고 먼 나라를 가고 있을 서울 메트로.

김한순

서울은 서울에 없다

서울로 가고 있었다
한강을 건너고 있을 때
또 다른 한강 다리가 완성되고
다시 한강 다리가 놓여지고 있었다
한강을 건너야 서울에 다다를 수 있다는 걸
사람들은 알지 못한다
서울이 있어 서울로 향할 뿐이다
회색 도시는 우리 마을이고
자동차 빌딩 아파트 대형마트
부산과 다를 바 없었다
그러나 나는 서울로 향한다.

나순자

통증의 계절

12월이 되자 십자가의 빨간 등이
반짝이기엔 너무 아픈 상처를
다투어 반짝인다
콜록콜록 밭은기침이 여기저기서 반짝인다
십자가의 불빛에 빠진 도시가
기침으로 들썩거리고 있다

나의 허물을 모아쥐고 서 있는 저 십자가
부끄러움을 건져 올려 떨고 있는 너를 보며
푸른 슬픔에 싸인 엘 그레꼬의 피에타를 떠올린다
절망으로 주저앉은 마리아의 낮은 통곡소리에
십자가가 비틀거린다

너를 잊은 지 오래된 오늘
잊은 듯 덮어 둔 상처가 꽃대궁으로 올라와
마른기침을 한다
반짝이기엔 너무 아픈 상처가
기침을 한다.

3

날개처럼, 날개의 깃털처럼

문효치　박남주　박재화　박정원　박정이

박해림　방지원　배경숙　백우선　송봉현

 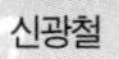 

신광철　신현운

문효치

파도
갈대
아득하여라

● 시작노트 ....

시력이 떨어진다.

나이가 들수록 눈이 침침해진다. 웬만큼 큰 글씨가 아니면 이젠 읽을 수도 없다. 보조 수단인 돋보기에 의존해야 겨우 내 시력이 제 구실을 할 수 있다. 밝은 눈을 가진 사람들에 비해 내 시력은 그만큼 뒤쳐져 있어 사물을 파악하고 인식하는데 굼뜨고 부정확하다.

시는 사물을 인식해 가는 일이다. 나는 늘상 내 나름의 눈으로 세상의 사물을 새롭게 인식하여 독자들에게 펼쳐 보이는 작업이라고 생각해 왔다. 그리고 이러한 작업은 심안(心眼)의 시력으로 감당해야 한다. 그러나 요즈음 내 심안의 시력이 현저히 떨어진 것 같다. 육신의 눈이야 돋보기를 이용하여 그런대로 보완해 나간다고 하지만 심안의 시력에는 사용할 돋보기가 없어 걱정이다.

파도

그는 그렇게 왔다
푸른 옷을 입고
산을 넘거나
장신구에
온갖 색칠을 입혀 흔들면서
내 영혼의 깊은 안마당

안마당을 건너
방문을 열고 들어왔다

흔들리는 등불에
심지를 돋우고
구석에 몰려 있는 어둠을 밀어내고

그는
날개처럼, 날개의 깃털처럼
깃털의 가벼움
가벼움의 투명한 상쾌함처럼
왔다.

갈대

길이 보인다

휘어져 휘청거리면서도
지하에 고여 웅성거리는
목숨을 정갈하게 씻어
하늘로 하늘로 실어나르는
길이

안개 휘장처럼 옆으로 비끼면서
유리 속으로 굴절하는 햇빛을
빚고 구워
한 그릇 구슬로 담아내는……

부딪는 구슬소리 소리로
그 마음 씻어
받치는 길이 보인다.

아득하여라

세월의 너울 너머 사라져 버린
그대의 안부, 아득하여라
퍼질러 앉아 울고 있는 바다 저 끝
저 혼자 솟구치는 은빛 파도만
발아래 땅 끝으로 올라오는데
가슴속, 동백꽃 다발로 붉게 터지는
벅찬 그리움 어찌하리야.

박남주

연(鳶)을 날리며
가짜는 가짜다
날마다 조금씩 작아지기

● 시작노트 ....

시(詩)야, 만나서 고마워

내가 시를 쓰게 된 계기는 어쩌면 우연이 아닌 필연이 아니었을까? 나는 "사람
은 저마다 타고난 운명대로 살아간다."는 말을 믿는다. 별 볼일 없는 사람이 의
외로 행복한 삶을 사는가 하면, 행복하리라 기대했던 사람이 뜻밖에도 고통을 당
하거나 힘겹게 살아가는 걸 보면 그런 믿음이 더욱 커진다.

하지만 이제껏 점집을 찾아가 내 운수를 점쳐 본 적은 한 번도 없다. 궁금하지
않아서가 아니라 용기가 없어서이다. 좋은 점괘는 맞지 않아도, 나쁜 점괘는 맞
는다던데. 누구나 좋은 말을 들으면 기분이 좋고, 좋지 않은 말을 들으면 기분이
상하는 법, '시키지도 않았는데 굳이 좋지 않은 말을 들을 이유가 뭐람', '어제
가 지나면 오늘이 되고, 오늘이 지나면 내일이 되는 법, 그러니까 오늘이 가장
중요하다'는 뻔한 진리를 들먹이며 오늘을 잘 보내면 좋은 미래가 되겠지 하는
마음으로. '용기 있는 자가 미인을 얻고, 도전하는 자가 성공한다' 고 일단 저질
러야만 무슨 일이든 되는 법인데, 나는 시작을 잘 못하는 편이다. 하다못해 취미
생활로 수영강습을 시작할 때도 여기저기 문의해 보고, 확인한 끝에 결정을 내
렸었다.

무슨 겁이 그리도 많은지, 늘 살얼음을 걷듯 한 발 한 발 조심스럽게 내디디며,
과연 안전한 길인가 확인을 거듭한다. 그런 성격이기에 실패는 적다지만, 발전이
더딘 편이다. 내가 생각해도 참 답답하고 한심한 성격이 아닐 수 없다. 임기응변
에 능한가, 악착같기를 하나, 영악스럽게 유행이나 시류에 영합하는 성격인가, 치

열한 생존경쟁의 전쟁터인 현대사회를 살아가기에는 적합하지 않는 성격임을 잘 알고 있다. 강한 자만이 살아남는 동물사회에 태어났다면 난 일찌감치 도태되고 말았을 것이다. 그나마 법으로써 약자를 보호해 주는 인간사회, 법치국가에 태어난 것이 얼마나 다행인지…….

그래서인지도 모르겠다. 대학을 졸업하고 직장생활을 한 지 벌써 20년이 훌쩍 넘었지만, 난 지금도 단체생활하는 것을 별로 좋아하지 않는다. 교직이 아닌 다른 직장이었다면 어땠을까? 답은, '아니었을 것이다' 그런 내가 지금까지 직장생활을 하고 있는 걸 보면 운명은 운명인가 보다. 재미삼아 손금을 봐주거나, 책으로 풀어주기도 하는 이의 한결같은 말 "결혼을 하더라도 계속 직장생활을 해라."는 말도 그렇고, 형제 중 가장 유약한 내가 지금까지 직장생활 하는 모습을 보고 언니들이 용하다고 생각하는 것도 그렇고. 지금은 감사하는 마음으로 직장생활을 하며 남들과 부대끼며 살지만, 난 역시 외로움을 타고났나 보다. 여전히 조용히 혼자 지내거나 무엇이든 혼자 (일)하는 것을 더 좋아하니 말이다. 누구 눈치 볼 필요가 있나, 신경 쓸 필요가 있나. 잘못한다고 탓하는 이가 있나.

우연찮게 찾아온 시와의 만남도 운명이 아니고 무엇이랴. 처음엔 고급 독자로 남겠다는 생각이었으나, 사람의 욕심이 어디 끝이 있던가. 습작한 지 벌써 10여 년이 지났건만 시의 길은 아직도 멀고 힘들다. 혼자 가는 길이기에 새 길도 개척해야 하고, 어둠을 밝히는 등불도 켜야 하고. 해야 할 일이 태산이다. 테니스를 처음 배울 때를 난 잊을 수가 없다. 새내기 교사라 학교생활에 적응하랴 학생들을 가르치랴 무척 힘들었지만, 방과 후 공을 날릴 때는 또 다른 힘이 나오는 것이었다. 오히려 일과 중의 피곤이 깨끗이 씻기는 후련함을 느낄 수 있었다. 운동 후 마시는 시원한 맥주 맛은 또 어떻던가. 시 창작의 길도 이와 다르지 않다. 어렵고 힘든 일을 하고 났을 때의 상쾌함과 보람이란, 경험한 자만이 느낄 수 있음을.

연(鳶)을 날리며

과테말라 마야족은 매년 11월 1일이 되면 연(鳶)을 날린다
망자(亡者)들을 위해 연(鳶)을 하늘 높이 날린다

이제는 이승의 연(緣)을 끊고 자유롭게 날아오르기를
영혼을 연(鳶)에 묶고 하늘 높이 올라가기를

연줄에 영혼을 묶고 허공으로 날아오르는 연(鳶)
발목을 붙잡고 매달리던 슬픔, 고통, 미련, 집착 따위 모두 떨쳐내고
눈부시게 환한 빛 그 뒤를 따라 날아오르는 연(鳶)

과테말라 마야족은 매년 11월 1일이 되면 연(鳶)을 날린다
저를 옥죄고 있는 이승의 연(緣)을 그렇게 날려 보낸다.

가짜는 가짜다

가짜가 진짜보다 더 진짜 같을 때
진실이 외면당하고 거짓이 활개치고 다닐 때

언젠가 보았던 박제 비오리가 생각난다
반지르르 윤기가 도는 흰색의 몸 빛깔이며
금방이라도 날아오를 듯한 자줏빛 날개며,
순간 먹이를 낚아챌 듯 눈매가 매서운,
자원앙이라고 불리는 비오리

침을 잔뜩 바른 새빨간 거짓말인 줄 알면서도 기분이 좋아 입 꼬리가 올라가고 어깨를 으쓱하는 사람들처럼
잠을 자는 연기를 하다 진짜 잠이 들어 버린 배우에게 "잠자는 연기는 정말 어색했다."고 평하는 사람들처럼

나도 가끔은 가짜와 진짜를 혼동하고
진실과 거짓을 구분하느라 애를 먹는다

"그래도 지구는 둥글다!"고 외친 과학자의 말은 역시 옳았다.

날마다 조금씩 작아지기

산 정상에 오를수록 나무들은 키가 작아진다
볼품없이 작은 키로 강풍을 막아낸다
온몸을 내리누르는 눈의 무게도 거뜬히 참아낸다
몸을 낮추고 바위에 뿌리를 단단히 박고 중심은 결코 흔들리지 않는다

위로 올라갈수록 몸을 낮춰야 함을 아는 나무가
키를 높이 키우기보다는 뿌리를 단단히 다져야 함을 아는 나무가
뿌리 키울 생각은 없이 무조건 위로만 오르려는 나보다
내실 없이 겉모습만 치장하는 데 공을 들이는 나보다 한 수 위다.

박재화

공원 한쪽이 기울다
꽃잎들이 냇물을
강아지와 놀다

● 시작노트 ....

청설모

오랜만에 뒷숲을 걷는다. 칼빈대학까지 이르는 숲길에 사람이 드물다. 설날이
라고 다들 고향을 찾아서겠지…….

문득 생각하니, 나도 고향을 잃어 버린 채 살고 있다. 고향의 산하도 낯설게 바
뀌었지만, 그보다는 사람들이 바뀌어서 고향은 더 이상 고향이 아닌 것이다. 어린
시절이 담긴 한 장 빛바랜 흑백사진처럼 고향은 이제 추억 속에만 있는 것 같다.

갑자기 저만치서 부스럭거리는 소리가 난다. 쳐다보니 청설모(청설모는 청서
의 털로 만든 붓을 뜻한다지만, 어려서부터 불러온 정겨운 그 이름을 어찌하랴!)
한 마리가 낙엽을 뒤지고 있다. 제법 실한 놈이다.

놀랍고, 또한 반갑다. 녀석들이 이런 곳까지 내려와 살고 있다니! 그러나, 이내
걱정이 생긴다. 이 남개발의 시대에 이 숲도 곧 사라질 텐데, 저들이 어디서 어떻
게 살아남을 수 있을지…….

문학의 위기라고들 한다. 이를 딛고, 내 詩가 과연 독자들에게 반가운 놀라움
을 선사할 수 있을까, 저 청설모처럼. 돌아가지는 못해도 언제나 가슴에 그리는
고향처럼 푸근하게 그들의 마음에 속삭일 수 있을까, 내 詩들이.

숲길을 내려오는 마음이 두렵다.

공원 한쪽이 기울다

이른 아침 도심을 지나는 부부
손잡고 아슬아슬하게 건너
비둘기 몇 마리 기다리는
공원을 찾는 부부
환갑이나 되었을까
서로 잡은 두 손 반대쪽에 풍을 맞은 내외
아내는 왼팔 왼다리가 흔들거리고
남편은 오른쪽이 마냥 흔들리는 내외
하늘이 시샘하신 걸까
저승길도 이승처럼 동무하며 가란 걸까
사이좋게 왼쪽 오른쪽 나누어 풍을 맞은 내외
꼬옥 잡은 두 손으로
기우뚱한 세상
간절히 끌고 가는 내외
아침마다 길 건너 비둘기 떼와
눈 맞추고 오는 내외.

꽃잎들이 냇물을

꽃잎들이 우우우
시냇물 무동 타고 몰려간다
눈부시게 계곡을 물들이곤
소리 없는 함성으로 나아가는 저것들
산발한 햇빛 속
물길 찾아
광야를 건너는
아프리카 누우 떼 같다
어둡고 그윽한 늪을 지나
어느새 천지를 흔드는 폭포의
고독한 낙하같다
4월에서 5월을 건너며 꽃잎들이
저리 몸부림침은 때로
이루지 못한 사람의
꿈들을 대신 앓는 걸까
4월에서 5월 사이
희고 붉은 꽃잎들 냇물을 물들이고
거기, 희고 붉었던
시간들 함께 떠간다.

강아지와 놀다

아내는 기도원 가고
아이들도 놀러 나가고 없는
휴일 한때
텔레비전 〈동물의 왕국〉도 끝나고
전화 한 통 오지 않는 저녁 한때
인형을 두고 녀석과 한판 붙었다
처음엔 당연 이쪽 우세!
하지만 곧 일진일퇴
한참을 팽팽한
줄다리기 끝에 결국 손들고 말았다
다음날부터 나만 보면
인형을 물고 덤벼드는 녀석의
패배를 모르는 힘, 본능의 힘!
못 본 척 피해도 애오라지 따라붙으며
앞발로 박박 긁어대는 습관의 힘!
세상의 攻防에서 몇 번이나
뒷날을 노리고 후퇴를 감행하던
家長에게 녀석은 밤마다
인형을 무기로 대든다
하, 이거야 원, 피할 길이 어디지?

박정원

고드름
사라진 힘
주목나무에 주목하다

● 시작노트 ....

　인생을 한 줄이라고 표현할 때 그 인생의 줄에서 그만 잘라내고 싶은 기간이 있다. 가슴에 박힌 못처럼 그 후유증은 꽤 오래갈 것 같다. 짧다면 짧고 길다면 아주 긴 5년이란 세월, 그것들이 쏜살같이 지나간 후, 시가 많이 써졌다. 고맙다 시야, 시가 없었다면 어떻게 견뎌낼 수 있었을까?

　무작정 절에 올랐다. 나를 천천히 살펴본 후 스님께서 하시는 말씀이 "복수하지 마세요. 그 복수의 화살은 머지않아 곧 자기 자신에게 다시 돌아옵니다. 용서하고 또 용서받으세요." 물론 절에 갔을 때는 내 마음을 추스르고 난 다음이었지만 형형한 그 스님의 목소리는 오랫동안 내 마음속에서 머물러 있을 것 같다. 누구를 용서하고 누구한테서 용서받는단 말인가. 용서받을 일만 있지 용서할 사람은 한 사람도 없다. 그동안의 내 죄를 일일이 나열한다면 평생을 가도 용서받지 못할 것이다. 그런 마음으로 시를 쓴다. 나를 위해서 시를 쓴다. 못된 나를 구원하기 위해서 시를 쓴다. 아니 구원받기 위해서 시를 놓지 못한다. 시가 없었다면 무슨 낙으로 살까. 요즘은 문득 그런 생각을 많이 해 본다. 예쁘다 시야! 2007년도는 내 나름대로 뜻 깊은 해가 될 것 같다. 용서와 화해의 작품들이 묶인 다섯 번째 시집이 올봄에 나오기 때문이다. 시로부터 영원히 자유로울 수 없는 시집. 내가 내 시집을 기다리다니. 웃긴다. 그 웃음을 세상 떠날 때까지 놓지 않는 명랑하고 쾌활한 시인이 되고 싶다. 저 어두운 방구석에서 시만을 매만지는 그런 시인이 아닌, 호탕하게 웃으며 모든 어둠을 끌어안는 자유로운 시인이 되고 싶다.

고드름

예리하지 않고서는 견뎌낼 수 없는 오기였다
가장 약한 것이 가장 강하다는 것을 증명하기 위하여
밤마다 처마 밑에서 울던 회초리였다
거꾸로 매달려 세상을 볼 수밖에 없었던
날카로운 송곳이었다
냉혹하게 자신을 다스릴수록 단단해지던 회한이었다
언제 떨어질까 위태롭다고들 했지만 그런 말들을 겨냥한
소리 없는 절규였다

복수하지 마세요 그 복수의 화살이 조만간 내게로 와
다시 꽂힙니다

절 마당엔
노스님이 가리키던 동백꽃 하나 투욱, 지고

이쯤에서 풀자 내 탓이다 목이 마르다
처마 끝에서 지상까지의 거리를 재는 낙숫물 소리

결국엔 물이었다
한 바가지 들이켜지 않겠는가.

사라진 힘

꺾은 장미를 화병에 꽂아놓은 이튿날 저녁
화병 속의 물이 모두 사라졌다
잘라내려는 가위의 힘보다 잘리지 않으려고 버티던 힘이
체념보다도 더 집요하게 물고 늘어지던 끈끈함이
여기저기 화병 속 밑바닥에 눌러 붙어 있다
살려고 바둥거린 마지막 혈흔이리라
꽃보다 가시 색깔이 더 짙은 것으로 보아
피맺힌 절규는 저리 시뻘겋다 못해 날카롭다
여기까지가 내 길의 끝인가 알기라도 한 듯
목 떨군 향마저 깊다
죽음도 힘이 필요한 걸까
그러쥐었던 꽃대궁 색깔 또한 검붉은데
속 전부를 드러낸 장미의 힘이 핏빛으로 얼룩졌다면
얼룩진 핏빛 메마르도록 내몬 힘 또한
남의 눈에 피눈물 흘리게 하는 일
죽지 않으려는 힘을 보듬고 있던 화병이
더 허허해 보이는 것은 왜일까
마른 꽃처럼 부귀영화가 바삭거릴 때
폈던 주먹을 다시 쥐어 본다.

주목나무에 주목하다

옹이 진 말들을 채 하지 못해 핀 꽃일까
크리스마스트리를 장식한 10촉짜리 전구처럼
주목나무, 빨간 열매를 수없이 매달고 있다
저 성전으로 잠입하여 첫 전구를 켜고 싶다
그리고는 꽃도 나비도 없이 맺힌 열매에 대하여
그 많은 색 중에서 유독 빨강을 택한 것에 대하여
한쪽 귀퉁이를 귀걸이처럼 뺑, 뚫어놓은 것에 대하여
묻고 싶다, 한번 선택한 것을 물릴 수는 없었는지
왔던 길을 되돌아갈 수는 없었는지
꼭 그 자리 그곳에서 평생을 보냈어야만 했는지
왜 가시도 아닌 이파리를 가시처럼 거느렸는지
마지막 전구를 켤 때쯤
살아 천년 죽어 천년의 방에서 마침내 눈물을 흘릴지라도
천천히 걸어 들어가
바람이 불어도 전혀 흔들리지 않는 늠름함에 대하여
지치고 힘들어도 전혀 내색하지 않는 깊은 속에 대하여
듣고 싶다, 어떻게 하면 그리 환한 불을 켤 수 있었는지
부르지도 않았는데 내게 스스럼없이 다가올 수 있었는지
그의 속뜰에 묻힌 말들을 캐내고 싶다.

박정이

가을 들녘에서
개화
파도

● 시작노트···

늦가을
저녁노을 한 조각을 가슴에 안는다.
건반 유혹하던 바람난 오선지처럼…….
바람 한결
햇살 한줌을 비단 융단에 깔아놓기 위해
하루 내내 말을 잊고
사랑 詩를 고집스레 생각한다.
'황진이' 詩처럼
구구절절 가슴 깊은 곳에서 배어 나오는 시
아리도록 눈시울 적시고
목젖 열어 울음 토해 본 그런 시를
함께 느끼고 싶은 욕망이 그립다.
정말, '사랑 시인' 답게 살기란
현실 속에서 삶과 고통과 성취는
분명 있으리라고 오늘도 끝없는 노력중이다.

가을 들녘에서

초가을 햇살을
바람개비처럼 두 손에 움켜쥐고
한 움큼씩, 바람 한 자락에 담아
들녘에 뿌리네

하루 종일 벙어리처럼 서서
마음 줄 곳 몰라 서성이는
바람들에게 길을 지시하네

아픈 기억을 솎아낸 쭉정이처럼
해질녘 들녘에 선 나에게도
한달음에 가을을 벗어날
샛길을 가르쳐다오.

개화

오늘 꽃봉오리 터트리려 하네
황홀한 통증을 아리도록 느껴 보려 하네

길가의 코스모스처럼
수십 년을 기다리며 바라본
지나간 시간들이 수묵화의 여백 같아
뒤돌아보니 눈물이 나네

짧은 한때, 가슴 두들기던 기억들도
종달새처럼 재잘거리다가 가 버리니
가로수의 잎들도 움직이지 않네

바람도 없는 조용한 길 위로
부드러운 감촉의 발자국으로 다가오는
심장 박동소리의 떨림이
꽃봉오리를 풍경처럼 흔드네

이제 드디어 터뜨리려 하네
화산처럼 색과 향을 뿜어내어서
저 창백한 길을
나의 혈관처럼 채우려 하네.

파도

울렁이는 가슴 위로
햇살 무늬로 출렁이던
사랑이었던가

그 바닷가 이제는
구멍 숭숭 뚫린 벼랑에는
소금기 머금은 이끼만 남았네

죽은 전설의 고래 등뼈가
흰 뼛가루로 부서지고
조개껍질처럼 굴러다니다
무심한 발길에 채이네

뼛조각들을 꽃상여에 싣고
마지막 남은 나의 체온과 함께
바닷가 언덕에 묻으면
잔잔해진 가슴 위의 바람처럼
저 파도도
거친 숨소리의 몸부림을 멈추겠지.

박해림

금성(金星) 라디오
신흥사 신도증 19호
충주 박씨 종갓집

깨달음의 시학

크고 작은 그림을 보고 음악을 들으면서 무수한 깨달음을 얻는다. 작은 것들의 큰 모습을 볼 때 더욱 그렇다.

보면 볼수록 커지는 사물과 사람을 만날 때 마음이 촉촉이 젖어온다. 저쪽은 원래 있는 그대로의 모습인데 그동안 내 쪽에서 형태를 바꾸고 색깔을 덧입힌 것을 발견할 때, 또 있는 모습을 그대로 보지 못하고 내 마음의 상태에 따라 마음대로 바꾸었음을 문득 알았을 때다.

올해는 마음속에서 둥둥 떠다니는 말씀들을 하나씩 바닥으로 끌어내려야겠다고 생각해 본다. 그 말씀들은 부유의 성격이 있어서 조금만 한눈팔면 바닥에 엎드려 있다가도 금세 부풀어 오르며 공중부양한다. 이것을 더 이상 방치해 두었다가는 먼지만 풀풀 이는 날들이지 않겠는가 싶다.

그러나 실천을 않는다면 깨달음이 도대체 무슨 소용이겠는가. 말씀을 떠나보낸 빈 몸이라면 나는, 풀을 봐도 무거울 것이고 골리앗 크레인을 봐도 먼지처럼 가볍기 짝이 없을 것이다.

오늘, 자신에게 스스로 숙제를 내기로 한다. 한 손은 뒤로 감춘 채.

금성(金星) 라디오

한때는 신품이었을 저 몸
언덕을 오르는 리어카에 실려 있습니다
숱한 풍문을 실어냈을 스피커는 입을 앙 다물고
진뜩 먼지를 뒤집어쓴 채
덕지덕지 마른 때로 남겨진 아스팔트 길을
흔들리며 갑니다

새벽이면 언제나
가장 먼저 눈을 뜨시던 아버지
그 손에 악기처럼 들려서 켜지던
국산 금성 라디오
새벽종이 울렸네 새아침이 밝았네……
어린 우리들의 잠을 깨웠습니다

옥양목 앞치마 머리수건 두른 어머니는
좁은 부엌에서 김을 피워 올리고
달그락 달그락 바흐의 음조로 부딪치는 사기그릇들
골목에 울려 퍼지는 김 파는 노인의 목소리
올망졸망 이마를 맞댄 아침 밥상에
젊고 싱싱한 시간들을 끊임없이 쏟아냈습니다

굴러덩 구르는 바퀴살에
길게 햇살이 꽂히고
아무리 문질러도 지워지지 않은 마른 때
오랜 햇살 속에서도 결코 바래지 않았던 날들

아버지 가장 먼저 이 세상을 떠났지만
고물 라디오 뒤뚱거리는 모습으로
여전히 그때의 아침을 만들고 계십니다.

신흥사 신도증 19호

절길 오르는 계곡, 높푸른 하늘도 잠시 내려와 멱을 감는다 탱탱 불은 물잠자리 물살에 조급히 떠내려가면 싸리나무 자주 열매 한 생애 가쁜 몸 날리고 물푸레나무도 제 서러운 몸 헹구어 내는 늦여름, 햇살은 쨍쨍 바위 위를 달구어 바람도 몸 닿지 않고 달아난다.

서울 도봉구 도봉동에 사는 이 모씨의 신흥사 신도증 19호가 물 속 바위틈에 끼어 물살에 흔들리며 물 밖으로 빠져나오려 안간힘을 쓰고 있다. 이따금 모래무지가 사내의 얼굴에 뱅글뱅글 원을 그리고 큭큭큭 제 몸을 코팅 비닐에 비벼 볼 뿐, 갑자기 찾아온 낯선 방문객이 그리 싫지는 않은가 보다 좀처럼 떠날 기색이 없다. 한때는 사내의 삶도 파도처럼 일렁였을 것이다. 물에 잠긴 신도증이 흐르는 물살에 주름지고 펴지다가 끝내 퍼렇게 멍이 들고 만다.
물속의 남자 그만 떠내려가고 싶다 가만가만 외친다.

충주 박씨 종갓집

반쯤 열린 문으로 덤불쑥이 불쑥 찾아들자 뒤이어 방가지똥풀, 왕고들빼기, 고슴도치풀, 수리취가 이주를 해 왔다. 그 뒤를 이은 사마귀, 송장메뚜기, 딱정벌레들…… 햇살과 바람만이 장독대와 흙담을 돌아 아직은 실한 열매를 매다는 감나무와 대추나무에 앉았다가 푸른 심줄 끊긴 우물가를 뱅뱅 돌기도 한다.

저물 무렵, 대문 앞 키 큰 느티나무 한 그루가 저벅저벅 대문 안으로 걸어 들어와 거미집에 걸린 미물들을 떼어낸다. 아직 어딘가에 남아 있을 온기를 찾아내려는 듯 좀처럼 떠나지 않는다. 밤이 기울수록 무너지는 소리 자욱한 뜰 안, 누가 쳐놓았는지 낡은 빨랫줄에 무수히 많은 별들이 내려와 주렁주렁 눈물방울을 매달아놓고 있다.

방지원

인내
단세포
딜러

방지원

● 시작노트 ....

촛불을 밝혀

며칠째 날씨는 잔뜩 회색빛 찌푸림이더니 오늘 하늘은 상쾌한 맑음이다.

벌써 연말, 거리는 찬란하게 불을 밝혀, 또 한해를 보내고, 새해 맞을 준비를 한다.

아이들 일, 동창회 일, 친구의 갑작스런 깊은 병 등. 올해는 유난히 일이 많았다. 좋기도 하고, 안 좋기도 한 일로 한동안 혼란스러웠었다.

올해 하느님께서 만든 나의 밑그림은 그랬었나 보다. 그래서 순응하고 감사하게 생각하기로 했다. 이제 철이 좀 드나 보다.

하지만 때대로 부질없고 어리석게 '한 치라도 더' 하며 틈틈이 욕심 많은 마음들이 고개를 든다.

언젠가부터 귀가 많이 얇아졌다. 기억이 멍해지기도 하고, 반대로 어느 한 부분은 매우 또렷해지기도 한다. 그래서 남들에게 주장할 수 있는 일이 많이 줄어들었다. 그리고 세상 사람들이 모두 착해 보이기도 한다.

자꾸 뒤를 돌아본다. 즐거웠던 일, 후회스러운 일 등을 생각하며 아이처럼 행복해지기도, 부끄러워지기도 한다. 단순하게 변화되는 모습도 은총일 것이다. 그래서일까 쉬운 가슴을 가진, 따뜻한 사람들을 많이 만나고 싶어진다.

다행스럽게도 수많은 문학작품들 속에 묻혀 산다. 뜨거운 정성으로 좋은 글을 쓰는, 존경하고 싶은 문학인들을 만나는 일은 얼마나 큰 행복인가. 그들을 닮아 감동스러운 글을 쓰고 싶다.

그래서 새해의 소망은 올해와 마찬가지로 좋은 글을 써 보는 것이다. 꼭 이루어지기를 바라는 마음 간절하다.

어느 상황에 서 있든 무엇을 원하든 좋은 결말을 기다리는 것은 참을성의 깊고 얕음의 차이일 뿐 모두 견디기 힘든 일이며, 또 그것은 사랑의 기다림과도 같을 것이다.

때로는 어른보다 아이들의 참을성이 더 대단함을 본다. 아이들보다 못한 나를 때때로 발견하고 속상해한다.

다시 가서 살고 싶은 곳이 있다. 내가 태어나고, 꿈을 키우고, 사랑하며 살아왔던 곳, 아이들이 자라고 성년이 되었던 곳, 얼마 전까지 살았던 서울의 그곳을 자주 꿈에 떠올린다.

물론 그곳에서의 활동이 아직도 많고 그곳에 가면 왠지 마음이 풍요로워진다.

절절히 그곳을 그리워하며 멀고 긴 외출 길을 왕복한다.

인내

피 마르는 기다림
자는 가까이
가위는 멀리 두어야 하느니라
늘 가위부터 꺼내 드는 버릇은
여태까지다
꼼꼼하게 마름질하고
재봉틀을 돌리시던 어머니
검은 점퍼스커트와 흰 레이스 블라우스가
밤이 깊도록 만들어지면
손가락 바늘에 찔려가면서 서툰 단추를 달고
아침이 빨리 왔으면 성화하던
팔딱팔딱 참을성 없는 아이
학예회의 막이 빨리, 천천히 올랐으면 조바심하던
눈부신 조명 아래선 아무것도 보이지 않았었지

기다려 봐
바람의 소리는 늘 희망적이다
사랑은 무대 위의 조명이 조금씩
어두워져야 보이기 시작하는
날개 달린 발자국
어금니 깨물며 평생 지켜내야 하는 헛그림.

단세포

진화인가 퇴화인가
천천히 그렇게 변화되는
한 가지의 생각과 말과 행위만으로
그냥 사는
매일 물, 불, 문단속을 머리에 붙이고
현관문을 나선다
보이지 않으면 까마득하게 모르는 일
오늘 약은 먹었는지
손 가까이에 잔뜩 물건이 널리고
달력엔 매일의 숨쉬기처럼
까맣게 메모가 붙는다
후일을 약속하기엔 희미한 오늘을
마주한 사람에게도 일에게도 최선의 날로 정해 본다
고도의 지능을 가진 어느 생물체의
부글거리는 가슴속도 달래야 하는
눈치 빠르지 못한 지느러미
생각도 움직임도 굼떠
쉬지 못하는 이유가 여기에 있다
머리를 모두 비워주고 돌아오는 길은 늘 지루하다
마음은 평화이기도 아니기도 하고.

딜러

하루치의 햇볕과
한달 분량의 구름과
한 계절의 폭풍우와
한 해 동안의 기다림과
평생토록 바쳐지는 사랑이
높고 낮은 키의 구별이 없도록

만일
태양의 가을 그림자와
한 편의 사랑이 눈썹만큼이라도
마음대로일 수 있다면
우주의 걸음걸이는 더 부산해졌으리라
쥐었다 폈다 일사분란 손놀림에
경직되고 허물어지는 웃음
늘 모자라고 넘쳐
목이 마른
서투른 타짜들
감히
평생 호흡의 가감을 위해 우왕좌왕
길고 긴 드라마를 찾는, 간절한
배팅!!

배경숙

고향의 혐의
그 길에 서면
항아리

● 시작노트 ....

물에 뜨려면 먼저 몸의 힘부터 빼야 한다.
잡스런 무게를 빼고 나면 멀리서 울리는 종소리 들릴 것인가?
산 어딘가에 은밀히 감추어져 있는 엷고 가벼운 빛같이
아무 소리도 들리는 것 없지만 몸의 힘부터 빼고, 어깨의 힘을 빼고 들어 볼 일
이다.
왜 쓰는가? 수없이 물으며 귀를 기울인다.
쓰지 않는 나를 나는 용서할 수 있을까?

고향의 혐의

내 앞의 당신들은
어제의 흔적을 지우기 위해 너무나도 집요하다
그가 펑크 난 자동차 바퀴를 땜질하러 간 사이
결국 나는 길가의 담벼락에 몸을 기대서고 말았다
아니 머나먼 소문 속으로 잠시 들어왔을 뿐이다
학교가 작아졌어 길도 좁아졌어
탱자나무 울타리도 벚꽃 길도 없어졌어
시멘트 블록과 쓰레기투성이
그렇다 이런 불평불만으로
당신의 경고와 대질하려 한 것은 아니지만
당신을 은닉할 나의 향수
그 화면이 전모를 드러내는 순간
나는 무관한 자 당신을 스쳐온 것뿐이다
깊이라곤 없는 이방인처럼
하지만 우리의 묵계
그 경계를 어떻게 이어놓았는지 묻고 싶은 것이다
어리석은 습관으로 관찰하지 말 것
당신의 의미심장한 그 어투에도 불구하고

그 길에 서면

태풍 지나고 장마 속
장대비는 계속오고 개울은 넘쳐 개흙을 쏟아놓았다
뒤 한번 돌아보지 않는 거친 물살은
흙탕물을 쉼 없이 파헤치며 광포한 물바람을 일으켰고
아무도, 그 무엇으로도 막을 수 없는
냉담한 미끼에 걸린 듯
두려움과 추위를 견딜 수밖에 없는 나는
파르르 떨면서 걷고 또 걸었다
영혼을 위한 몸부림이
은밀히 내장된 빛나는 속을 다 내보인다 해도
길은 줄지 않았다

가끔은 가속도의 바람에 휩쓸려가다
그쯤에서 오기를 접고
내 안의 무엇을 꺼내고 싶을 때가 있다
일몰과 어둠의 언저리를 지날 때면
유년의 그 길 위에 서서
아무것도 간절할 것 없이 땅바닥만 내려다보며
발목이 욱신거리도록 걷기만 할 때가 있다

항아리

단단하고 허허로운 저 공간 앞에 서면
가끔은 트일 것 같은 숨도 멎을 것 같았다
치자꽃 숨 막히게 피고 석류 가지 휘어지던 우물가 장독대
간장 고추장 막장 멸치젓갈…… 크고 작은 항아리들
그 속에서 할머니는 고름집으로 잡히곤 했다
할머니의 영원한 감옥이며 지존의 세력들
항아리 속에서 곰팡내를 키우고
짠내를 들이키며 서식하는 동안
할머니는 장독간 손질을 멈추지 않았다
언젠가 당신을 남모르게 부를 것 같은
청춘의 영감님을 어루만지듯
그렇게 기다리지 않았다고는 말할 수 없었다
상처나 비명을 통하지 않고서는 닿을 수 없었을까
발자국소리, 웃음소리조차 밀봉한 할머니 곁에 서면
어머니 입에선 언제나 단내가 일었다
청상의 할머니에겐 천적이던 어머니
어머니의 아픔을 내림으로 받았던 상처를
하얀 수건으로 걸어두는 밤이면
항아리를 향해 돌아앉은 어머니 생살이 타는 듯했다

백우선

코와질란드 갈대
용용
그 모래밭

● 시작노트 ....

미완의 미학

집에 가리개가 필요해서 접을 수 있는 세 폭짜리를 사 왔다. 세울 수 있게 양쪽 끝 기둥 아래에 받침대만 고정시키면 되게 돼 있었다. 못 자리는 뚫려 있는데 못은 들어 있지 않았다. 가장 튼튼하게 하려면 그 전체 두께에 조금 모자란 길이의 못으로 고정해야겠다고 생각하고 철물점에서 그것들을 구해 왔다. 상당히 긴 나사못이었다. 그 못을 드라이버로 돌려 박는데, 절반쯤 들어가고는 더 이상 들어가지 않았다. 힘껏 밀면서 돌려 보았지만, 못 대가리의 홈이 뭉개지기만 할 뿐이었다. 잠시 일손을 놓고 어떻게 하나 궁리 중인데, 텔레비전 수리 관계로 관리사무소에서 사람이 왔다. 텔레비전을 손본 뒤 하던 일의 어려움을 얘기했더니 어디 좀 보자고 했다. 그는 말했다.─이렇게 긴 못은 박을 수가 없다. 박는다 하더라도 나무가 깨지고 만다. 삼분의 일쯤 길이면 족하다. 그가 그때 오지 않았더라면 무리하게 못을 박으려다가 가리개를 버리고 말았을 것이다. 백 원어치의 못 때문에 십여만 원짜리 물건을 망가뜨릴 뻔했다. 너무 완벽하게 하려다가 오히려 일을 그르칠 수 있다는 교훈을 얻었다. 적당량이나 조금 모자람의 미덕을 다시 마음에 새겨 보는 기회가 되었다.

글도 너무 다듬다 보면 자연스러움을 잃을 수도 있을 것이다. 옥을 다듬을 때 티 하나를 남겨두기는 여간 어려운 일이 아니겠지만, 티 하나를 받아들일 줄 아는 것이 진정한 옥의 마음이 아닐까 하는 생각이 들었다. 미완의 여지, 그곳에서 다음 작업은 시작되고 여유로운 만남은 싹틀 수도 있을 것이다.

코와질란드 갈대

이 나라 처녀들은 나를 세 개씩 묶어 들고 내 말을 세 번씩 되풀이하며 삼보일배 춤을 추지요 연례 갈대춤 경연대회, 올해에는 3만여 명이 꿈과 정성을 겨뤘어요 강에서 궁에 이르러 왕에게 내 묶음을 바치면 그 중 한 명은 왕비가 될 수 있어요 그녀들이 되풀이한 내 말은 이렇지요

이상향에 한 걸음씩 다가가는 생각 깊은 여인이 되겠어요
애욕과 탐욕의 뿌리를 늘 물에 씻겠어요
제 몸은 깨끗해요
에이즈가 없어요
갈대가 물고기를 기르듯이
갈대가 개개비를 불러들여 알을 낳고 새끼들을 쳐 하늘 높이 날 아오르게 하듯이
아이들 잘 낳아 기를 수 있어요
새 왕을 낳을 수 있어요
옳을 때는 그래요 그래요 고개를 끄덕이고
그를 때는 아니오 아니오 고개를 흔들게요
신라 미해 왕자를 왜국에서 탈출시키고 붙잡힌 박제상의 맨발에는
부드러운 그루터기가 될게요
갈대에는 혈흔이 아니라 단심의 붉은 무늬를 새겨놓겠어요
석굴 속에서 아기장수가 다시 살아나 몸비늘을 번쩍이고 날개 훨훨 치며
용마 타고 새 세상을 펼쳐낼 수 있도록
석굴의 돌문을 활짝 열어젖히는
갈댓잎을 손에 든 어머니가 되겠어요
백성을 도탄에 빠뜨리는 악녀가 되지는 않겠어요
배를 엮어 왕과 백성을 함께 태우고 이 험한 세파를 헤쳐 가고

피리가 되어 태평가를 노래하겠어요
클라리넷과 오보에의 입술도 되겠어요

물과 바람이랑 춤추는 나를 따라 처녀들은 춤추었을까
천지에 푸르른 여민락(與民樂),
백성들의 춤사위를 그녀들은 나를 따라 춤추었을까.

용용

죽겠지, 두 마리만 모여도 죽겠다는 거야

미혼율, 이혼율이 높은 이유지

여의주, 용의 알 있잖아

그게 거의 무정란이래

네 뜻, 내 뜻이 잘 안 섞여서라거든

부화율이 낮은 건 당연하지

양육비에, 푸른 뜻이 꺾이는 탓도 클 거야

축구공도 여의주 아닐까

온 국민끼리도 다투며 펄펄 뛰잖아

공생, 상생도 중요해

룰이 공정해야 하는 건 당연하다마다

힘만 믿으면 뒤통수가 터지게 돼 있어

돈돈, 빨리빨리에만 눈이 멀어도

용들 다 비행기 타다 죽는 거 아니야

이미 다 죽었다고?

어, 나 용띠인데…….

그 모래밭

'오, 어서 오라, 내 사랑아
무얼 막고 무얼 주지 못하랴'

깊고 끝없이 반짝이는 눈물의 사리
하늘로 날아오른 눈물의 별가루

그저 좋아라 누워 뒹굴고
은피라미를 낚아 올리고
별빛을 나란히 밤이슬로 맞고
모닥불에 둘러앉아 술잔을 돌리며 춤을 추고
빗속 허망에 발을 푹푹 밀어도 넣고

바위에서는 멀리 왔지만
여전히 순환중인 서로는
친구가 되고 연인이 되고
가족이 되고 이웃이 되고 .
희망이 되고 행복이 되고
조가비를 거두고 물새들을 받아내리고
길로 걷고 달리며 집으로 일어서려
웅덩이를 남기고

몇 천 년을 품어온 꽃의 꿈
바위는 스스로 꽃씨가 되어
모래밭의 해당화 더 붉게 피고

송봉현

순천만 갈대
절규하는 농민들
떠나온 사람들

● 시작노트 ....

대모산 위로 기러기 떼가 날아간다. 서울에서 보기 드문 'ㅅ' 자형 수를 놓으며 훨훨 날아간다. 기러기가 날아간 하늘은 고향 하늘이고 그리움이 묻어 있는 푸른 거울이다. 내가 태어난 90여 호 된 마을은 양쪽에 낮은 산을 끼고 뒤로는 왕대 숲으로 병풍을 둘렀다. 마을 코앞에 자그마한 저수지가 있어 수영을 배우기에 안성맞춤의 놀이터였다. 정말이지 고즈넉한 곳이다.

16세까지 자라는 동안 정이 함께 자라 골목마다 추억이 꽂혀 있고 이웃 아저씨며 아줌마들이 모두 가족 같았다. 후한 인심이며 칼로 자르듯 반듯한 예절은 내 삶의 격려이자 버팀이었다. 그러한 보금자리가 이제 공동화(空洞化)에 이르고 노인만 남아 피폐한 상황은 전국적인 현상이기에 예외일 수 없다. 아기 울음소리도 들리지 않고 기운찬 젊은 층이 빠져나가 지쳐 있는데, 저렴한 외국 쌀이 터진 봇물처럼 밀어닥칠 기세다.

서울로 홍콩으로 미국으로 자유무역 논의나 국가 대 국가의 시장개방 논의가 있는 곳이면 농민들은 힘든 반대 투쟁을 펼친다. 그러다 도심 교통체증 빌미로 이어지면 비난과 삿대질이 쏟아진다. 이것이 농촌에 대한 사회적 메아리다. 고단하고 시인보다 외롭고 보기에 눈물겹다.

치열한 산업화 과정에 아저씨 아줌마들이 도회로 나왔고 지금 서울과 근교에서 이따금씩 만나는 동향 젊은이들은 얼굴이 생소하다. 아버지 함자를 대거나 택호를 대면 그때야 젊은이 어머니와 아버지의 순하던 얼굴, 법 없이도 살 수 있는 심성이 연상되어 아! 술김에 탄성이 나온다.

지난 해 6월 선영에 다녀오는 길에 순천에 사는 향우가 자기 차로 순천만 갈대나 보고 가라기에 구경했다. 뻘 위에 너른 가슴을 펴 펑퍼짐함이 장관이었다. 순간 집에서 십 리쯤 가면 나타나는 바다가 달려들었다. 냇물과 바다가 만나는 곳에 작은 갈대밭이 있었는데 뱁새가 갈대에 둥지를 틀고 알을 낳아놓은 걸 누가 먼저였는지 개구쟁이 동무들과 함께 몽땅 빼앗아 버렸던 죄악이 떠올랐다. 모르고 지은 죄도 죄인데 14세 전까지는 우리 형법에 면죄 규정이 있고 처벌 시효도 지났다고 다행이라 말할 수만은 없는 사건이다.

여름밤이면 씨름판을 벌이고 동무들과 아리랑을 그리 많이 합창했던 마을, 그곳은 시원찮은 내 문학작품을 정점으로 끌어올릴 수 있는 소재가 웅크리고 있는지도 모른다는 생각이 든다. ㅎㅎㅎ.

순천만 갈대

순천만 갈대밭엔
어릴 적 풍상, 꿈 간직한
내 아리랑이 떠돈다

분방한 바람이나 찾아와야
사그락 사그락 말문 여는
청빛 편편히 침묵하는 갈대밭,
아버님은 논어를 외다 낮잠 들고
어머님 모시 날을 째며 홍얼홍얼
울음인지 노랜지……

또래들과
산에 가 땔감 모으며
'아리랑 아리랑 아라리오' 부를 때
갈대밭 날던 물새도
끼룩끼룩 합창하던 노래
떠돌고 있다

도회로 간 맘씨 고운 아재
정을 간수하고 흩어진 이웃들,
'십 리도 못가서 발병난다'는
아쉬움 쫑긋 서다
서럽게 주저앉아도
밤에 부르면
별나라까지 퍼져가던 노래,

사르르르 위잉
사르르르 위잉
쉰 목소리로
순천만 갈대가
아리랑 부르고 서 있다.

절규하는 농민들

저 찢어진 아픔
꿰맬 수 없나

저 처절한 절규
폭신 보듬을 가슴 없나

오천 년 정 배인 삶의 보금자리
난폭한 소낙비 급류에 씻기어
피 뚝뚝 흘리며 시린 뿌리
북돋워 편하게 할 수 없나

서울 홍콩 다시 서울 바닥
워싱턴을 돌아
통곡하는 울음
새롭게 믿음 주어
활짝 웃게 할 메아리 없나

구원할 정치, 과학, 철학 없나
하나님, 부처님, 이 땅에 안 계시나.

떠나온 사람들

봄 걸음 아장아장
남한산성 깨우는 푸른 새소리

천 리 떠나온 사람들
설고 반가워
뉘 딸 뉘 댁 아들 인고
묻고 바라보다
택호(宅號)를 대면
아, 지게 지고 고샅길 가던
희미해진 아재 얼굴

소주잔 기울며 깊어진 속말
씨름판 농악 울리다
학교 길로 튀다가

어슬어슬 산 그림자 키우는
저무는 햇살에 그을리며
삭막한 길 또 흩어져 간다.

신광철

하늘 웃음 1
하늘 웃음 2
가을

● 시작노트 ....

하늘 웃음

우리는 어느 별에선가 선행을 한 상품으로 지구여행 티켓을 한 장씩 가지고 아름다운 초록별 지구를 찾아왔습니다. 우리의 인생은 한바탕 여행인 셈입니다. 여행이 쉬울 리가 없지요. 초행길이거든요. 어디 가나 무슨 일을 하거나 낯설고 어색하거든요. 우리는 살아가면서 넘어지는 것을 두려워하는데 실은 두려워할 필요가 없습니다. 사람이란 구조가 넘어지게 되어 있거든요. 실수하게 되어 있고요. 사람의 중심축이 가운데 있지 않음을 알게 되지요. 우리는 우리 자신이 가진 그 모자란 사람의 특성을 나무랄 필요가 없습니다. 즐기면 되는 게지요. 우리는 일어나는 것만 연습하면 되는 게지요.

그보다 우리는 이번 여행에서 어떻게 하면 행복하게 또는 의미 있게 한바탕 여행을 하느냐가 더 중요한 일인지도 모릅니다. 지구여행에서 가장 멋진 일이 무엇이냐고요. 살짝 말씀드릴게요. 좋은 것은 살짝 이야기해야 가슴이 따뜻해지거든요. 사랑, 사랑이지요.

사람은 태어나면서 자기 방어를 하기 위해 강한 마음을 하나씩 가지고 태어났지요. 그것이 무엇이냐면 이기심입니다. 험한 세상에서 살아가기 위해서는 이기심이 필요하다는 것이지요. 이기심은 자기 방어를 위한 기본적인 심성이기도 하고 근원적이라는 것이지요. 생명의 기본적인 심성이라는 것을 이야기하고 있음을 확인하게 되는 게지요. 헌데 이 이기심 버리고 남에게 배려와 웃음을 보이기 시작할 때가 옵니다. 사람의 마음에 사랑이 찾아온 거지요.

　지구여행에서 가장 신비스러운 일은 사람이 사람을 만나면 영적인 힘이 솟아
난다는 거지요. 그것이 사랑입니다. 참 특별한 현상이지요. 만나고 싶은 사람을
못 만나게 하면 시름시름 병을 앓다 죽은 경우도 생기지요. 평소에는 아주 이성
적인 사람이 광기에 가까운 그리움으로 안달을 하는 경우를 종종 보게 되지요.
　우리가 지구여행을 오기 전에 배워 온 몇 가지가 있는데 그 중 하나가 웃음입
니다. 사람의 얼굴이 아름다워지는 최초의 현상입니다. 가장 큰 선물이기도 하지
요. 사랑을 표현하기 위한 방법을 생각해 보세요. 웃음만한 것이 없지요.
　제가 처음에 '지구여행 티켓' 이 선행을 한 상품이라는 이야기를 했으니 말이
지만 우리가 진정 고마워해야 할 선물은 '오늘'이지요. 아침마다 우리에게 선물
된 오늘이란 선물 꾸러미로 슬픔을 만들어서야 되겠습니까, 웃음을 만들어야지
요. 받은 선물로 기쁨을 만드는 것이 예의겠지요. 그 중 '하늘 웃음' 만한…….

하늘 웃음 1

첫눈이 올 때까지
손톱 끝에 봉숭아 물이 남아 있으면
사랑이 이루어진다는 전설 같은 이야기를
가슴에 고이 담고,
영혼이 맑은 사람과
하늘을 닮은 사람이 만나
입맞춤을 하는 순간
참지 못한 나팔꽃 같은 웃음은
하늘 웃음이지요.

하늘 웃음 2

생각할 때마다 웃음 머금을,
이쁜 죄 하나
저질러 놓고
개울을
폴짝거리며 징검다리 건너는
봄처녀에게서
초록빛 무청처럼
달면서 풋맛이 나지요
막 사랑을 배운 웃음이
날 것이지요
하늘 웃음이지요.

가을

자유가 그리워 여행을 떠났다가
보고픈 사람이 있는 내 집이 그리워져 돌아오는 길에
오동나무 한 그루 서 있었습니다
오동나무에서 오동잎 하나 떨어지는데,
눈물만큼 한참 뜸들이다 떨어지더군요

아프지 않은 이별이 없듯이
아프지 않은 영혼은 없더군요
울지 마라, 울지 마라
조용히 노래했지요
그 노랫소리에 먼저 무너지는 것은
저 자신이었고요,
사람이라는 이름을 가진 순한 짐승은 모두 그러했습니다
가을을 타고 있었지요

별만 보고도 아파하고
꽃이 피는 것만 보고도 아파하는
순한 짐승이었습니다
이별만 아픈 줄 알았더니
봄이 초록으로 일어서는 그날에도
아파했던 기억이 새롭습니다
결국 사람은 늘 아파하고 있었던 셈입니다

오동잎 하나 떨어지는 풍경에
용기 내어 한 발 슬쩍 사람 속으로 들어가 봅니다

가슴은 벌판 같은데
위로를 받아줄 언덕이 없어
외로워했습니다
자유가 그리워 떠난 길에서
자유에 지쳐 무너지는 사람도 있었습니다
구속도 때로는 위로가 되는 줄
그때서야 알았지요

서울역 노숙자들이 하나씩 들고
별을 노래하는 술에
사람이 빠져드는 이유를 어느 만큼은 알았지만
그 악마성에 기대는 이유는
위로받기 위해서였습니다

술은 못난 나를 잘났다고 안아주거든요
온혈인 사람에게 가슴이 식어갈 때에
술은 진정 온혈이었습니다
가슴이 허할 때 네가 최고라며 부추기는 것은
술이었습니다

사람이 세상을 산다는 건
가슴에 낙엽을 쌓는 것과 같아
바람만 불어도 바스락 거리는 소리에
가슴이 갈피마다 서걱였지요

바람아 불지 마라,
바람아 불지 마라,
기도했지만
사람 사는 세상에는 끝도 없이 바람이 불고 있습니다

다시 가을입니다
돌배나무에선 돌배가 떨어지고
감나무에선 감이 떨어지겠지요
빈 가지를 붙들고 우는 바람에
달만 휑하니 걸렸습니다

달빛도 차가운 날에
시가, 알을 깨고 나오는 동안
시인은 몽유병환자였습니다
모두가 꿈꾸는 올 가을엔 사랑하세요.

신현운

인연(因緣)
나무
사랑

시를 쓰는 이유가
특별한 것은 아니지만
시를 시로 더욱 사랑하고,
사람을 사람으로 더욱 사랑하고,
그 가운데 나 자신
서 있길 바라서였습니다.
오늘도 길을 나섭니다.
비까지 내리니
나서길 잘했다고 생각합니다.

인연(因緣)
—길

하늘엔 하늘 향한 길이 있듯
바람엔 바람 향한 길이 있듯
새에겐 새들 향한 길이 있듯
바다엔 바다 향한 길이 있듯
산에겐 산을 향한 길이 있듯
나에겐 너를 향한 길이 있듯.

나무

나무는 꽃잎이 진다고
눈물을 흘리지 않습니다

나무는 새가 떠난다고
눈물을 흘리지 않습니다

나무는 바람이 지난다고
눈물을 흘리지 않습니다

나무는 낙엽이 진다고
눈물을 흘리지 않습니다

나무는 온몸 내주어도
눈물을 흘리지 않습니다.

사랑

밤하늘엔
별만 있는 것이 아니었습니다

물 속엔
물고기만 있는 것이 아니었습니다

숲 속엔
나무만 있는 것이 아니었습니다

꽃밭엔
꽃들만 있는 것이 아니었습니다

내 안엔
나만 있는 것이 아니었습니다.

4

빈 가슴을 채우고

오자영   우재욱   윤정옥   이 경   이복자

이수영   이숙희   이인철   이태규   장태숙

조임생   최금녀   최진화

오자영

● 시작노트 ....

 '일상'은 시간과 공간에 어우러져 매 순간 내 삶의 존재를 실감나게 한다.
 어느 아침엔 '엉클어진 머리칼이/제 길을 찾지 못한 채/발아래 뚝뚝 굴러다니
는' 아픔이 되기도 하며, 어느 순간은 주변의 사소한 일상조차 이방인의 환영처
럼 느껴져 투명 유리 속 물기 머금은 손으로 그날 치의 허물을 벗겨내기도 한다.
특별한 사람의 일상보다는 현대인을 에워싼 왜소하고 다양한 속성들을 찾아내어
거기에 내재한 아름다움, 고독하여 더 아름답고, 살아 허물 벗을 수 있음이 더 아
름다운, 결코 진부하지 않은 일상을 꺼내오고 싶었다.

일몰의 빛

소래포구 갈매기들
하나, 둘 분주히 등불을 밝힐 때
부리끝 먹이를 심지 삼아
뻘에 누운 어둠 위를 하염없이 걸을 때
바다의 빛깔 품고 싶었던 한 여자가
서그럭 서그럭 갈대소리 밟으며
존재의 발자국을 더듬고 있을 때
수평선에 묻어나는 항해의 흔적이
이미 버려진 햇빛을 줏어모을 때
서울에 두고 온 남자의 네온싸인이
과부화에 걸려 정전되고 말았을 때

대지는 또다시 침묵의
빈 가슴을 채우고 돌아선다.

일상 1
―샤워부스에서

타인들 앞을 서성이던 어설픈 말머리
욕망의 턱시도에 묻은 뽀얀 먼지까지
한 꺼풀, 또 한 꺼풀씩 벗겨 내어
그의 가슴 가장 가까운 곳에 내던진다

길에서 마주치던 눈동자들은
비둘기가 되어 종종걸음으로 스쳐 지나갔고
시침이 열두 번 돌아 어지러운 사이
몸과 마음도 현기증에 시달리고 있었다

그런 날 저녁은 어김없이 그의 애무가 절실했다

언제부턴가 투명해져 버린 그의 존재는
마술 부리듯 헐어진 내 가슴을 데우고
또 때로는 시린 쾌감을 끼얹어 주기도 했기에

촉촉히 물기 머금은 그의 손이
굼틀대며 수직의 줄기를 뿜어내어
각질 두터운 내 발을 씻기고
감추어 두었던 꽃잎 향수 꺼내어
흐려진 나신을 말갛게 헹구어 내고 있다

투명 유리 속, 그 아득한 절정
산드러지듯 뱀 한 마리 또 허물을 벗는다.

일상 2
—화장대

덜 마른 햇살로 분칠하면
고스란히 내 것이 되는 굴절면
희미한 속눈썹 언저리에
너도밤나무 숯가루를 심고 있는
쉰 고개 넘긴 화장대가 앉아 있다

엉클어진 머리칼이
제 길을 찾지 못한 채
발아래 뚝뚝 떨어져 굴러다니면
한 가닥씩 손바닥에 올려 어루만진다
갈라지고 금이 간 자존심이 울고 있음인가

반짝거리던 핑크빛 루즈통 속엔
커버덤 몇 겹으로도 감추지 못하는
거무뎅뎅한 주름살이
주인을 기다리며 바짝 말라가고

다크서클에 반사되어 파리해진 영혼은
한 방울 향수처럼 스러질 듯 기대섰는데
세월의 긴 머리채 빗어 내리며
쉰 고개 넘긴 화장대가 웃고 있다.

* 커버덤: 얼굴의 잡티와 피부 색깔을 수정해 주는 화장품의 일종.

우재욱

은행나무
바람과 숲
장미의 다이어트

● 시작노트 ....

잘 진화된 서울 사람들

찰스 다윈이 『종의 기원』을 출간한 것이 1859년이니 이제 거의 한 세기 반의 시간이 흘렀다. 그의 진화론 즉, 자연선택론은 그간 격렬한 논쟁을 일으키면서 이제 생물학뿐만 아니라 인문사회과학 분야와 예술에 이르기까지 큰 영향을 미쳤다.

살아 있는 모든 것들은 확실히 보이지 않는 그 무엇을 향해 끊임없이 움직여 간다. 이 움직임이 없으면 도태할 수밖에 없다. 움직임은 아주 느릿한 것으로서 어느 한 시점에서 감지되지 않는다. 그러나 오랜 시간에 걸친 '움직임' 을 찾아내어 앞과 뒤를 인과로 이어놓으면 '진화' 라는 이론을 성립시킨다.

진화는 퇴화를 포함한다. 인간은 꼬리뼈가 흔적만 남아 있다. 꼬리뼈만 보면 분명 퇴화이지만 인간이라는 종족을 대상으로 하면 그 퇴화 자체가 진화이다.

진화는 적자생존의 결과이다. 살아 있는 것들은 적자이어야만 종족을 이어나갈 수 있다. 적자가 되지 못하면 자연도태되고 만다.

'적자' 는 어떤 자인가? 어느 시대, 어느 사회에서건 적자는 항상 적자인 것은 아니다. 오늘의 적자는 내일의 적자가 아닐 수도 있다. 주어진 환경은 항상 다르기 때문이다. 만년설로 덮여 있는 극지의 적자는 햇볕이 뜨겁게 내리쬐는 열대의 적자가 될 수 없다. 오늘도 적자, 내일도 적자 그리고 여기서도 적자, 저기서도 적자가 되기 위해서는 끊임없이 변화(진화)해야 한다. 농경사회의 적자는 산업사회의 적자일 수 없고, 산업사회의 적자는 정보사회의 적자일 수 없다.

오늘을 살아가는 대한민국 수도 서울의 사람들은 어떻게 진화되어 있을까? 서울이라는 환경에 적응할 수 있도록 진화되지 않으면 서울을 떠나야 한다.

잘 진화된 서울 사람들이 거리를 활보하고 있다. 자동차끼리 살짝 스치기만 해도 병원에 드러눕고, 이웃 소녀 가장 남매가 굶어 죽어도 그건 '댁의 사정'으로 치부하는 서울 사람들. 그러지 못하면 도태되는 세상이니 서울 사람인들 어찌 진화를 거부하고 살 것인가.

은행나무

　가지산 자락 흘러내린 밀양군 산내면 너른 들판 한쪽켠, 춤사위 벌이듯 팔을 치켜든 은행나무는 꿈속으로 빠져들며 잎을 피운다. 가지산 응달에 겨우내 얼어붙은 눈덩이 봄볕에 녹아 흐르면 산철쭉 개나리도 함께 녹아, 씀바귀 민들레 버들강아지도 함께 녹아, 새벽 안개며 아지랑이도 함께 녹아 연초록 실개천엔 농익은 술이 흐른다.

　은행나무는 애잔한 봄빛 흐르는 여울에 차마 눈을 뜨지 못한다. 한잔 술로 가슴 적시고선 꿈길처럼 꿈길처럼 잎을 피운다. 또 한철 살아가는 흥겨움, 그게 삶인지 꿈인지. 은행나무는 전신으로 퍼져가는 살가운 술기운에 가늘게 몸을 비틀면서 사르르 눈을 감는다.

　아, 저걸 어쩌나! 저 능청을 어찌 다 보아주나!

　세종로 가로변에 도열한 은행나무는 한잔 해독제를 들이켜고 꿈에서 깨어나며 잎을 피운다. 스스로 살아 있는지 확인하기 위해 용을 용을 쓰면서 잎을 피운다. 경복궁 뒤뜰엔 진득진득한 봄비를 뒤집어쓰고 이따이 이따이병을 앓고 있는 쥐똥나무가 바튼 기침 한번에 뼈가 부러지고, 담장가 버짐나무엔 검버섯이 피었다.

　은행나무는 사방에서 들려오는 신음소리에 차마 눈을 감지 못하고 한 보시기 약을 들이켠다. 도읍의 맹주나무는 두 눈을 부라리며 용을 용을 쓰면서 잎을 피운다. 또 한철 버텨야 하는 형벌, 그게 삶인지 전쟁인지. 은행나무는 전신으로 퍼져가는 독한 약 기운에 이를 악물고 두 눈을 부릅뜬다.

아, 저걸 어쩌나! 저 저주를 어찌 다 풀어내나!

바람과 숲

　바람은 제 몸에 붙은 버릇대로 분다. 몸에 실린 관성으로 튕겨 나가면서 앞을 가리지 않는다. 바람은 숲을 탄주하고 숲은 절묘한 교감으로 춤을 춘다. 이따금 나무는 팔이 찢겨 나가지만, 그건 작두 날에 올라선 무녀의 신명일 뿐 상실은 아니다.

　도심을 가로지르는 바람은 나무 숲과 빌딩 숲을 식별하지 못한다. 흐릿한 겹눈에 비쳐드는 영상은 모두가 그냥 숲일 뿐이다. 전나무 숲이든, 낙엽송 숲이든, 쥐라기 소나무가 진화를 거부한 채 모습을 드러낸 오세아니아의 숲이든, 엠파이어 스테이트 고목이 하늘을 찌르는 맨해튼의 숲이든, 에펠 나무가 버티고 선 세느 강변의 숲이든, 육삼 황금목이 노을에 비끼는 한강변의 숲이든, 바람의 언어로는 모두가 그냥 숲일 뿐이다.

　바람은 산발한 채로 숲을 쓸어간다. 그 버릇 그대로 이젠 도심의 빌딩 숲으로 돌진한다. 잎사귀도 가지도 없이 몸뚱이로만 버티고 선 도심의 거목을 탄주하려 든다. 나무는 춤추지 않는다. 나무는 꼿꼿이 저항한다. 버티고 선 석회질 나무의 발등에 머리통이 깨지고 팔다리가 떨어져나간 바람의 시신이 겹겹이 쌓인다.

　삭풍은 겨울 숲을 생명으로 흔들어 깨우지만 도심의 숲은 유혈이 낭자한 발등의 절규를 돌아보지 않는다. 인고의 계절이 물러가도 도심의 거목엔 새 순이 돋지 않는다.

장미의 다이어트

　언제나 다소곳한 미스 정이 사무실에 갖다놓은 장미 한 줄기. 달걀만한 화분에 용케 뿌리 내리고 제가 갇힌 감방에 몸을 우겨넣느라 목숨을 건 다이어트에 들어갔다. 독한 세상, 세상보다 더 독하지 않고는 끼어 살지 못한다. 잎은 회양목, 뿌리는 갈기, 줄기는 강아지풀, 가시는 솜털로 무장한다.

　미결수 감방으로 통하는 창 틈으로 들판은 아스라이 멀어져 비치지도 않고, 우뚝우뚝 솟아오른 고층탑만 시야를 가린다. 탑신이 뿌리내린 바닥엔 보도블록이 땅의 숨통을 죄고 있고 길바닥엔 자갈 섞인 콜타르가 질퍽하게 엎질러져, 뒷바퀴가 앞바퀴를 지우는 작업이 왼종일 반복되고 있다.

　판결을 기다릴 것도 없이 어차피 종신형이다. 탈옥은 영영 희망이 없다. 옥살이라도 제대로 할 양이면 갈기 같은 실뿌리로 한줌 부엽토를 틀어쥐고 마르고 또 마르고 자꾸 그렇게 마르는 수밖에.

　장미는 발악처럼 꽃을 피웠다. 선홍빛 울음으로 단추만한 두 송이를 피워놓고 허릴 꺾었다. 그때 바락바락 악을 쓰는 외마디 소리가 두 번 들렸다.

윤정옥

노란 양은 냄비
꽃향기 따라 쉬어가기
고대산 정상에서

●시작노트..

내 겨드랑이에 돋친 날개가 비루하여 높이 날지 못하고 오래 날지 못했다. 비 오는 날, 날개 깃털을 뽑으며 진창에 구르기도 수십 번. 빗소리에 섞여 아무도 내 울음에 귀 기울이지 않았고 눈물도 눈치 채지 못했다. 제풀에 일어나 스스로 다리와 심장을 담금질된 무쇠로 바꿔치기 했다. 절대 지치지 않기 위해. 하지만 점점 더 날개짓은 힘겨웠고 날고 싶지 않았다. 다리와 심장은 녹슬어 갔고 흐릿한 뇌로 인해 나는 내가 어디로 가는지도 모르게 되어 버렸다. 차츰 목적지도 없는 힘겨운 날개짓은 그만 두는 게 낫겠다고 생각했다. 나는 다른 새의 날개 깃털을 주워 내 날개를 채웠다. 내가 좋아하는 색깔은 아니었지만 다양한 색으로 변화를 주기로 했다. 높은 벼랑에 서서 드디어 새로운 비상을 시작했다. 겨드랑이가 찢어질 듯 아팠다. 피가 흘렀다. 하지만 날개짓을 멈추면 안 된다는 것을 알고 있다. 푸른 이빨을 드러내며 으르렁거리는 파도가 바로 아래에 있으므로. 오랜 여행이 끝난 뒤, 난 원래의 날개로 되돌아갈 것이다. 비루한 날개라도 충분히 소중하므로.

노란 양은 냄비

대형 슈퍼 그릇 매장에
코찔찔이 천덕꾸러기 같은 노란 양은 냄비가
한쪽 엉덩이만 겨우 걸치고 앉아 있길래
플라스틱 휴지통 값도 안 하는 삼천 원 주고
장난치듯 사들고 왔는데
이게 요즘 세상살이에 딱 맞는 진국이라
가스렌지 1단에도 팔팔 잘 끓고
라면에는 안성맞춤인 것이
기다리지 못하는 성미에는 그만이다
달걀이라도 삶을라치면
밑바닥 생활 수십 년에 어찌어찌 해서라도
살살 달래고 얼러대듯
냉장된 달걀 껍질 금가지 않게 돌돌돌 잘도 익혀내고
뜨거운 냄비에 물세례 퍼붓기만 하면
내가 언제 뜨거웠냐는 듯이 차갑게 식어 버리니
껍질까기도 십상이라
가벼운 몸뚱이에 덧정 없는 인생살이
눈물 콧물 흘리지 않고 뒷자락에 매달리지 않고
지금 여기에만 온 마음 쏟아
잠깐 피었다 가는 한해살이 꽃
뿌리째 뽑혀 던져져도 슬픔이란 말도 모르는
가끔은 노랗게 질린 얼굴이 자꾸 눈에 걸리는
결코 길지 않은 얘기들
너를 만나 너를 보내기까지
뜨거웠다 차갑게 식기까지
마음과 마음이 오가는 일과
참 많이도 닮았다
노란 양은 냄비.

꽃향기 따라 쉬어가기

나비와 나방이 어떻게 다르냐면
나방은 꽃을 찾지 않는다는 거지
밤에만 불빛 찾아 날아다니면서
쉴 때조차 무거운 날개 접지 못하는
붉은 나방이
오늘 밤엔 꽃향기 따라 쉬어가자
변하고, 변하고 또 변하는 것들 둘레에서
여전히 꽃숭어리 늘어뜨린 아카시아
검푸른 하늘 아래
울컥 짙은 향내 토해낼 때마다
소름 돋으며
방향 없는 그리움도 불쑥 치미는데
잠시 나방임을 잊고서
펼쳐진 날개 접고
흰꽃 위에서 쉬어가자.

고대산 정상에서

경원선 임시 종착역 신탄리
고대산 등산객들로
길마다 단풍이 든다

시간의 빛깔은
빨강에서 분홍으로 바뀌었다
간첩과 지뢰, 삐라 대신
등산로 안내판을 읽는
발걸음들
돌멩이마저 가볍게 들뜬다

정상에 서서
피의 백마고지를 가리키다가
내륙 깊숙이 펼쳐진
철원평야 너른 들녘에 놀라는데
삿갓 엎어놓은 듯
올망졸망한 산 너머
넘을 수 없는 선, 그 너머
핏줄은 아직 유효한지.

이 경

뜨거운 하늘
가을 들판에서
독사

● 시작노트 ....

시란 '천지만물과의 연애다' 라고 생각하기에
나는 아직 눈 맞추지 못한 것들과의 무한정의 연애를 꿈꾼다.
그것들 모두와 진지하게 아주 특별하게 만나고 싶은 것
언제나 처음이고 또 언제나 마지막인
살아 있는 어떤 순간 어떤 만남에서라도
처음처럼 마지막처럼 몸 떨리지 않은 순간이 있다면
두 손 모두어 지극히 받쳐 올리지 않을 순간이 있다면
그건 생에 대한 모독이요 낭비일 테니.

뜨거운 하늘

봉천동 산 1번지 봉천시장 오거리
봉천밥집 아주머니는 밥이 하늘
길은 다섯 갈래로 뿔뿔이 흩어져
대추나무 가지처럼 꼬불꼬불 숨어들지만
집집마다 하나씩 숨겨놓은 근심을 찾아들고
결국엔 한자리로 모여드는 오거리
사람의 집들이 양은 냄비처럼 끓고 있다
밥그릇 하나에 숟가락 하나씩
막 피어오르는 꽃송이 같이 둘러앉은 밥상을
머리에 얹기만 하면 달리는 그녀
하늘이 식을까 봐 발바닥에 불이 난다
어쩌다 그녀보다 하늘이 한 걸음 앞서거나
고무신이 한 발 뒤처지려 하면
정수리에서 출렁이는 하늘을 쏟을까 봐
목줄기에 굵고 파란 힘줄이 선다
사월에도 몇 번씩 꽃모가지가 얼어 떨어지고서야
추운 봄이 기어오르는 이 고개
하늘 뜨거운 줄 아는 사람의 마을에.

가을 들판에서

소매 긴 옷이 하나 필요합니다
형이 입던 것이면 좋겠어요
누나가 덮던 이불 한 장도 그렇구요
들판에는 이제 소가 먹을 풀이라곤 없어요
해바라기를 하다 목이 부러진 꽃대궁과
흔들림을 멈추어 버린 풀줄기들이 서둘러
몸을 부수고 있어요
풀씨들은 아무렇게나 버려진 땅에서
장엄하게 어둠을 맞이합니다
머리 위로 내려앉은 하늘에
저녁거미가 함부로 집을 짓습니다
종일 들판을 헤매고 온 바람이
소의 창자 깊은 골짜기에서 웁니다
허파가 찢어진 색소폰의 저음으로
쇠 울음소리 강을 건너갑니다
어둠이 새까맣게 발등을 덮기 전에
마음이 버리고 간 헛간에 등을 켜야겠습니다
집 나간 소들이 돌아올 시간입니다
오늘은
저 버혀진 것들의 상처를 건너온 여자의 맨발을
안고 자야겠습니다.

독사

나 지금 가을 산그늘
찬 수풀에 누운 한 마리 뱀

비늘마다 도사린 오욕칠정을
헌집처럼 또아리 쳐 감아 두르고

풀잎의 창끝에 찔려
성한 곳 없는 하늘

그 눈 밝은 슬픔을 하나씩 얻어
푸르고 영험한 독을 달이다.

이복자

열대야
시계
가을밤

● 시작노트 ....

한밤, 새벽 두 시에 컴퓨터 앞에 앉아 있다. 고요 속으로 한없이 침잠한다. 불쑥 희망 하나가 튀어 나오면 절망도 덩달아 튀어 나오고, 과거 하나가 툭 불거지면 미래 하나가 샐쭉 웃고, 사랑이 심경을 간질이면 실연은 삐지고…… 이런 것들과 놀고 있는 이 시간이 즐겁다. 어찌 보면 미친 짓이고, 남들이 보면 머리가 셀 일이다. 이 시간에 공부를 해야 하거나 노동을 해야 할 사람이 있다면 그 나름대로 목적에 따라 즐거움일 수도 있으리라. 만약 지금의 나에게 공부나 노동을 강요한다면 죽음을 생각할 정도의 중압감이 올 것이다.

삶의 현장에서 업무에 시달리거나, 스트레스를 받거나, 노동적인 가사에 시달릴 때에는 육체적 정신적 피로가 대단하다. 이런 때는 나도 흔히 파김치가 되어 몸살 같은 고통과 더불어 피곤 속으로 침몰하고 만다. 그 일상 중에 굳이 안 해도 될 일, 글을 쓰는 일을 끌어들여 붙들고 씨름하는 이 청승! 그러나 나는 글을 쓰는 일을 피곤이라고 생각해 본 적이 별로 없다. 글을 쓰는 일이라면 잠을 좀 설쳐도 거뜬히 일어설 수 있는 체력, 이 끼를 누리는 즐거움을 주신 하나님께 감사한다. 오늘은 '눈물'과 함께 밤을 새고 있다.

눈물

오래 살던 집에서는
사람이 죽거나 다치거나
춥거나 꽃이 시들어도
눈물이었다
혼인이 있거나
무지개를 만나거나
들어서면 선뜻 반기는 사람 없어도
눈물이었다
사랑이 있어 글을 쏟거나
태풍이 불거나
존재의 은혜를 느낄 때에도
마냥 눈물이었다
자존심이 든든한 집은
가시를 밟고도 아름다운 눈물이었다
자존심이 흔들리던 날
펑펑 쏟았어도 그 눈물에
오래 살던 집이 무너졌다.

열대야

12시, 건너편 512동
층마다 며칠째 잠 설친 불빛
충혈되어 이젠 초점도 잃었다
밤은 턱에 찬 더위를 아무데나 푸! 푸!
끈적끈적 달라붙는 입김에 기분 나쁜 어느 걸음
퉁퉁 잠 굴리며 1층 엘리베이터를 나서나 보다
눈부시게 오늘을 이고 한 바퀴 돌아온 가로등
막 엘리베이터에서 내린 잠을 막고
주차장행 비보호 이정표를 이마에 바짝 대주건만
말똥말똥 직진신호에 고집을 부리던 잠
성큼 내일로 내리서더니 10층 내 침대의 잡념을 휘어잡고
현재 시각 01시 05분 주행을 시작한다
눈도 아파 오고 짜증도 나고 피곤한데
숨어 있던 사랑도 일어나 콕콕 같이 가자 보챈다
멈춰지지 않는 주행, 일어났다 누웠다
달구어질 대로 달구어진 여름밤의 고독,
U턴 지점을 비몽사몽 계속 지나치고 있다.

시계

세월의 흐름을 알리는 것은 시계가 아니라
해와 달이 아니라
세상 모든 만물의 얼굴이다
교회 앞의 달뿌리풀은
1년의 시간이 은혜로운지 하얗게 웃고 있다
시계는 돌아가신 아버지께 커다랗게 있었고
아흔 한 살 어머니 시계는 멈출까 봐 걱정이고
나의 시계는 이제 눈밑과 목밑 주름이다
살금살금 붓질하듯 세월의 길목에서
만물을 다스리는 시계는
일순간을 재깍재깍, 외면을 노래하는 것이 아니다
무한히 피고 지는 만물을
고스란히 세월 위에 놓인 삶의 모습이게 하는,
존재의 존엄을 알리되
이지러진 삶과 반듯한 삶을 엄중히 선별하여
얼굴마다, 이름에 값을 매기며 그려내는
정성스러운 붓질 소리이다.

가을밤

달빛이 쏟아진다
노랗게 익은 사랑의 볼은
다리 위에도 불룩, 풀밭 위에도 불룩
부끄러움 잊었다
적막의 틈새로 풀벌레 소리 기어 나와
허공을 찔러대는 입침, 귀가 따갑다
이렇게 저렇게 가을이 자지러지는 밤,
갈대 숲 서걱거리는 호들갑에
고요도 다 죽고

불쑥, 마음속에 있던 사람
중천에 올라 애타게 날 찾고 있다.

이수영

랭보를 만나면 키스할 거야
막간(幕間)
부활의 아침

• 시작노트 ....

내 시의 뼈대를 구성하고 있는 중심은 사람이다. 그러기에 내 시의 부드럽고 순한 살결을 이루는 것은 당연히 '사랑'과 '그리움'이게 마련이다. 살아 있는 자들의 호흡, 그 열기, 그 생명의 반짝거림, 그리고 입맞춤, '사람이 가장 아름답다'는 생각에 겨워 울고 싶은 그런 때도 있다.

랭보를 만나면 키스할 거야

앙리 루소를 만나면 〈잠자는 집시〉에 출연한
그의 숫사자의 기특함을 칭찬할 거야
구르팽을 만나면 그의 손에 키스하고 싶어
모차르트를 만나면 그의 밝은 뺨 위에다
내 뺨을 올려놓겠어
고다르를 만나면
제레미 아이언스를 만나면
애태타를 만나면 키스해도 좋아
바니나 비니니를 만나 키스할 거야
프로스트를 만나 서늘한 그의 이마를 훔쳐
정중한 입맞춤을 하고야 말겠어
에꽁 쉴레를 만나면 키스한다
피노키오를 만나면 그의 코가 길어질 때마다
덮어놓고 뽀뽀할 거야
돈키호테를 만나면
파우스트 영감을 만나면
후렌치 키스를 해도 좋다

한아름의 시간이 지나가고
옛날 애기 그리워질 때
그때 그대를 만나면
볼사리노 모자를 가만히 벗겨 내 왼손에 들고서
그대 눈동자 속의 눈부처를 불러내
아주아주 오랫동안 품에 안고 있다
우리들 살아온 딱 그만큼의 시간 동안을
짧고 길게 입맞춤도 괜찮겠다.

막간(幕間)

검정 실크 넥타이가 내려온다
검은 리본의 긴 생애가 흔들린다
까만 가죽의 서류가방이 배를 내밀고 하품을 하면서
층계를 두 칸씩 주름잡는다
주황빛 도는 빨강의 반소매 티셔츠가 내려온다
아무렇지도 않게 숨을 쉬면서, 그러나 어쩐지
쿠데타라도 일으킬 것 같은 저 표정!
24시간 문 안쪽으로 빨려 들어간다

찰찰찰 에스컬레이터 쇠줄이 감기는 소리
잡아당겨 봐, 고무줄처럼 늘여 봐
천국과 지옥 사이의 간격을
찰찰찰 에스컬레이터 앙다문 이빨들 풀리는 소리
검정 치마저고리가 올라간다
검정 하이힐과 검정 구두가 아기를 안고 올라간다
주황빛 도는 반소매 티셔츠가 올라간다
24시간 편의점 문 안쪽은 평화롭고 고요하다
아무런 일도 일어나지 않았다.

부활의 아침

몸이 향기로운 꽃봉오리였을 때
그 꽃잎 낱장으로 떨어져 흩어지는 일
상상도 못했습니다

몸이 타오르는 불꽃이었을 때
그 심지 다하도록 흘리는 눈물의 태산
생각도 못했습니다

사망을 걸어 잠근 돌문이 열리듯
이제 진흙덩어리 이 몸 부수겠습니다
저의 손바닥에도
굵은 대못을 박아주십시오

못 자국 선명한 이 두 손으로
주님의 잔에
붉은 포도주를 따라 올리겠습니다.

이숙희

빨간 비닐 가방 속의 쥐똥나무는
삽짝 밖 그 아이는
누드 모델

● 시작노트 ....

밤이 깊으면 사물이 활동을 멈춘다. 아니 활동을 멈추는 게 아니라 비축한다고 해야 하나 암튼 그 시간대가 나를 컴퓨터 앞으로 몬다.

낮 동안의 긴 여백을 채우기 위한 정리의 시간 곧 생각(시)를 끄집어낸다는 그것도 기실 온당한 표현은 아니다.

낮 동안의 비축된 생각은 잡다한 일상으로 혼란하고 뒤섞여 정작 글로 풀어나가노라면 늘 샛길로 빠지기 일쑤다.

머리를 굴리고 쥐어짜도 낮의 생각을 고스란히 옮길 수 없다는 걸 진즉에 알고부터 결국 새로운 생각과 사유를 동반하고 새로운 갈기를 잡고 새로운 길을 모색하게 되는 밤은 나에게는 사유의 시간이고 행동의 시간이며 사물을 내 앞으로 바짝 끌어당겨 사물 고유의 맛을 드러내 주는 시간 곧 시를 컴퓨터라는 상자 속으로 가두는 시간이다.

가둠이란 인간이 누릴 수 있는 소유의 가장 낮은 단계인데 나는 그 낮은 단계를 통해 비로소 단 하나의 소유물을 획득하게 되는 동시에 그 소유물을 세상 바깥으로 자유롭게 풀어주는 방생의 시간을 갖는,

나는 시가 되는 동안의 그 힘들고 어려운 고비를 형성해 가는 시간대인 밤의 적막을 사랑하고 밤의 사유를 사랑하며 밤의 유한한 응집력을 사랑하므로 내 시의 탄생은 자유롭고 질기며 낮으나 농축된 울림이 그 기저에 깔린 짙은 고요에서 형성된다고 감히 말할 수 있다.

빨간 비닐 가방 속의 쥐똥나무는

아파트를 빠져나가는 울타리 아래
초등학교 2학년쯤의 여자아이가
풍선 그림이 그려진 빨간 비닐 가방을 잃었나 보다
무심코 지나치던 그 길로 쥐똥나무 가지를 비집고
무심히 삐져나와 불쑥 쏟아지며 ‘아’ 하고 푸른 물결
사방으로 자지러지는 탄성처럼 퐁퐁 튕겨 막
피어오르는 분 냄새 달고 향긋한 꽃 하얀
하얀 눈 내리깔고 앉아서 까닥까닥 졸아도
소스라치게 달려와 엎어져도
바람과 햇볕과 아이들이 토해내는 긴 여운의
물결이 출렁출렁 밀어 올릴 때에도 몰랐던 그
하얀 웃음 그것이
작고 빨간 비닐 가방 속에 오래 할딱이다
제 향기에 향기를 못 견뎌 한꺼번에 팔 뻗는 기지개 같은
목청을 한껏 돋운 꽃들이 산란을 막 시작한
쥐똥나무인 걸 오호 알겠다 알겠어.

삽짝 밖 그 아이는

수십 년을 앓고 있는 노모가 안쓰러워 백방으로 약 구하러 헤매는 아들 내외
  탁발 온 스님의 스친 한마디에 귀가 번쩍 뜨여 가사를 움켜잡고 애걸복걸 하였지요
  한참을 망설이던 스님이 혀를 끌끌 차며
  삽짝 밖 저만치 나가 있다가 서당에서 돌아오는 아일 보거든
  다짜고짜 밭둑에 넘어뜨린 후 가마솥에 집어넣고 끓이라는
  하늘 노란 그 말에 아들 내외는 어쩔거나
  어찌할꺼나,

아내는 물 끓이고 아들은 삽짝 나가 한참을 그렇게 기다렸지요
삽짝 밖에 서 있는 아비 본 아이 반가움에 나폴나폴 달려오는 것을
눈 질끈 감고 넘어뜨린 후 가마솥을 얼른 닫았겠지요
장작 같은 눈물이 꾸역꾸역 쏟아져 물구덩 불구덩을 들락거리는데
두 식경인가 그렇게 불을 지필 때 ‘엄마’ 하고 소리치며 들어오는 아이
혼이 나간 어미가 멀뚱멀뚱 바라보다 장작만 꾸역꾸역 밀어넣지요
‘할머니’ 소리치며 방으로 든 아이
꾸역꾸역 불을 떼다 화들짝 놀라 헛것이지 헛것이야 도리질하다
방문 열고 한 번 보고 또 한 번 봐도 노모 옆에 앉아서 글 읽는 저 아이
생시의 내 아이가 분명하렸다
조마조마 조린 마음 가라 앉히고 부엌으로 달려가서 솥뚜껑을 열었더니
팔뚝만한 산삼이 座佛(좌불)하고 있었어요.

* 이 시는 어렸을 때 어머니가 들려주신 옛날이야기 중 효자 이야기를 참조했음.

누드 모델

나는 완전한 벌거숭이를 본 적이 없다
말 그대로 실오리 하나 걸치지 않은 저 몸
몸 위로 붉은 전구가 왼쪽을 쏘아 대자 투명한 그림자가 여자를 뚫고 나온다
꿀꺽 침 한 번 삼키는 걸로
완벽한 슬픔을 본다 슬픔이 지나간
여자의 시선은 방뇨할 때의 편안함이다

마음이란 조금만 느슨해도 얽히고 헐거워져
그 틈을 비집고 붉은 혓바닥을 내놓는
놈의 정강이를 걷어차는 일은
저렇게 보는 이를 슬프게도 한다

가운을 벗고 다시 포즈를 취하는
여자는 터지기 직전의 풍선처럼 가파른 가슴과
나선의 허벅지 아래 빨간 매니큐어의 발가락을 경계로
빛살의 사각지대를 만들고 있다
사각지대는 복숭아 물빛으로 여운이 깔리고
몸의 일부가 여자의 반쪽을 부드럽게 감추듯
자신을 완전히 여는 것은 우둔한 일임을 암시한다
투영을 통한 음과 양의 비율로도 위험천만한
누드는 우물의 깊이만큼 뒤처리가 분명하다
그녀가 가운을 걸치기 위해 일직선으로 일어서는 순간
흩어졌던 빛이 쏠리며 선(線) 하나가 삼각구도를 구축한다
가운이 사라진 자리는 여자도 선도 없다 다만
뻥 뚫린 우물을 물끄러미 바라보는 허전한 사내 하나
물끄럼하다.

이인철

오리의 강
천수만에서
조각달을 보면 홍두깨로 밀고 싶다

● 시작노트 ....

  저녁을 먹는 음식점에 '처음처럼' 소주 빈병이 세 상자 쌓여 있다. 저 술은 누구의 처음을 마시고 취했을까. 내가 행한 어떤 처음과, 나에게 온 어떤 처음은 지금도 취해 있을까. 지금도 빈 술병처럼 비어 있을까. 처음의 마음엔 많은 변질이 있다. 그렇다고 모든 처음이 다 변했다는 것은 아니다. 처음이란 늘 두렵고 설렌다. 새 봄을 맞이할 즈음에 텅 빈 처음을 맑게 닿으며 다시 취해야겠다. 시안을 닦듯이…….

오리의 강

오리들이 흰 연적 같은 엉덩이 흔들며
줄지어 강으로 간다, 꽁지에 지푸라기 묻은 놈도 있다
똥을 지려 묻힌 놈도 있다 나는 오리들이 꽥꽥거릴 때마다
뒤에서 막대기 탁탁 두드리며 맨 끝에 따라간다

강은 얼음을 뒤집어쓰고 잠들어 있다
얼음 위에서는 오리들의 물갈퀴가 헤집을 세상은 없다
나는 강 모퉁이에 오리들의 어장을 만들어 주려고
해머를 들어올려 얼음을 내리친다, 언 강을 때린다
쩡쩡 비명을 지르며 실금들이 그물처럼 나를 가두려고 한다

잠깐 비켜섰던 오리들이 저희끼리 주둥이를 부비더니
찰랑거리는 물 위에 몸을 띄운다, 웅덩이가 오리들을 껴안는다
웅덩이 가장자리에 웃자란 돌미나리가
얼음 위로 작고 푸른 손톱을 내밀고 있다
오리들이 돌미나리를 쿡쿡 쪼아대자
강은 멍이 든다, 그렇다고 강은 소리 내어 울진 않는다

해질녘 오리가 한 줄로 꽥꽥 집으로 돌아가고 나면
흉터처럼 움푹한 웅덩이에는
서서히 살얼음이 깔릴 것이다
겨우내 언 강이 강물을 보듬고 살 듯
저녁이 그 살얼음을 가만히 덮을 것이다.

천수만에서

가창오리 떼 수만 마리가
그물을 조였다
폈다 하며
날아간다

빠져나가려는 저녁 해를
그물에 가두려고 날아간다

하늘의 눈동자가 붉어져
시큰거린다.

조각달을 보면 홍두깨로 밀고 싶다

해가 긴 여름저녁
어머니는 흰 살 한 점 떼어 홍두깨로 늘린다
반상 위에 가난이 점점 넓어진다
가난도 꽉 차면 달이 된다
얇아진 반죽 아래에 반상의 굳은 피가 보인다

할머니는 어머니가 만든 둥근 달을 접어
칼로 잘근잘근 썰어나간다
하얗게 쏟아지는 국숫발들

어머니는 그 국숫발들을 가마솥에 끓여
식구들에게 한 그릇씩 퍼준다
우리는 마당 평상에 앉아 국수를 먹으며
가난한 배를 불렸다

조각달이 뜨면 가끔은 홍두깨를 들고나가
달을 둥글게 늘리고 싶다.

이태규

유혹
비누 사랑
위험한 강

• 시작노트 ....

詩와의 因緣은 호롱불 밑에서 敎科書를 읽다가 만난 몇 편의 시에서부터였다. 가슴속에 뭉클하게 자리 잡고 있던 시를 되씹으면서 詩人이 되겠다고 생각한 것이 삶의 뒤안길에 묻혀 있다가 몇 줄의 詩가 생명을 얻고 世上에 나오게 되면서부터 시작되었다. 詩를 쓴다는 것 자체가 꿈속에서 구름을 만지는 것과 같은 황홀함인 것이다. 詩를 쓰는 일이 현실이 된 것은 藝術大學院 文藝創作專門家科程에서부터였다. 自意半 他意半으로 每日 한 편씩 시를 쓰게 되었고, 이러한 반복 學習이 몇 년 동안 계속되면서 發表한 시들이 제법 모여진 것을 보면 시인이 되는 일도 부단한 노력의 결과인 것이 틀림없는 것 같다.

一生 동안 쓴 시 중에서 몇 편의 名作을 기대하는 것이 대부분 詩人들의 마음이라고 한다면 나는 한 편의 명작이라도 건질 수 있다면 하는 마음으로 시를 쓴다. 시를 經驗의 産物이라고 말들을 한다. 共感을 한다. 共感을 하고 보니 나는 시를 쓸 소양이 부족함을 절감한다. 多事多難한 시대상황을 경험하고 살아온 世代임에 틀림없으나 이러한 狀況을 당연한 것으로 받아들인 性格 탓인지 가슴 깊이 못 박힌 일도 없고 그렇다고 특별한 浪漫的 追憶이 남아 있는 것도 아니다. 인간에 대한 연민의 정이라든가, 유머感覺이 철철 넘치는 사람이거나, 거짓말을 능수능란하게 할 수 있는 氣質을 타고 난 것도 아니고 보면, 역시 시를 쓸 소질은 애당초 없어 보인다. 다행히 조금 論理的이고 論理性을 기초로 한 想像力이 시가 되게 하는 것 같다. 아무튼 시를 쓴다는 것은 시를 읽는 사람을 感動시켜야 하는 의무를 지는 일이다. 이러한 영원한 숙제를 짊어지고 살아가는 나는 모든 시인들과 함께 특별한 운명을 타고 난 것임은 분명해 보인다.

유혹

밤은
최초로 잠을 만들어냈다
사람들은 밤이 시키는 대로
밤에 잠을 잔다
질투가 난 대낮은
사람들에게 다가가
낮에 자는 잠이 더
달콤하다고 속삭인다
나도 그 유혹에 넘어가
낮잠을 자고
밤잠의 복수에 시달리곤 한다.

비누 사랑

나는 색동무늬에 몇 자의 글씨가
새겨진 옷을 입고 목욕탕에
살고 있는 그녀를 비누 사랑이라고 부른다
그녀를 살며시 붙잡고
조심스럽게 옷을 벗긴다
그녀는 알몸으로 서 있는 나를 의식한 듯
옷을 쉽게 벗으려 들지 않는다
이윽고 그녀가 속살을 드러내고
나는 두근거리는 가슴으로
복사꽃 빛 욕조 안으로 뛰어든다
옷을 벗어 던진 그녀는 거친 숨을
몰아쉬며 내 알몸을 더듬기 시작한다
젖빛 거품을 토해내며
허락하지 않은 곳까지 애무를 시작한다
우리들은 상류의 연어가 되어
정신없이 몸을 뒤튼다
땀으로 흠뻑 젖은 그녀는 솟구치는 욕정을 삭히면서
수줍게 옷 속으로 몸을 숨긴다
내 몸 속에 살고 있던
호모 사피엔스가 서서히 고개를 쳐든다.

위험한 강

임이 가신 후에도
임의 강은 유유히 흐릅니다
내 마음은 조각배가 되어
강 위에 위태롭게 떠 있습니다
바람은 그다지 세차지 않지만
돛대는 좌우로 심하게 흔들립니다
바람 길을 좇아 돛 줄을
당겨도 보고 놓아도 보지만
혼자만으로는 역부족인 듯합니다
임과 함께 했던 파도소리나
갈매기소리가 없다면
벌써 파선했을지도 모릅니다
그러나 염려는 마십시오
오늘도 나는 돛단배의 돛 줄을
바짝 움켜잡고 있으니까요.

장태숙

유리벽
이식(移植)
마른 꽃

● 시작노트 ···

바쁘게 살아온 이민생활…

어제는 치과에 갔습니다.

그동안 이(齒)만큼은 누구 못지않게 건강하다고 자부해 왔는데 내부에서부터 허물어져 가는 걸 미처 몰랐습니다. 활엽수처럼 가을에 나뭇잎을 전부 떨군다고 새 봄에 다시 돋을 일이 아니니 수리해서 다시 고쳐 쓸 수밖에요.

문득 속절없이 흐르는 세월 앞에서 흥건했던 열정과 상념의 물기가 미이라처럼 말라가는 것은 아닌지 두려웠습니다.

보이지 않는 세상의 벽에 머리 부딪쳐 피 흘리던 쓰라림과 그 상처 끌어안고 안간힘을 쓰던 때가 어제 일처럼 또다시 내 앞에 우뚝 서 있는 오늘…….

내 안의 나를 수리하고 재정비합니다.

시는 허물어져 가는 나를 일으켜 세우는 치료제이며, 새 살을 돋게 하고 새 피가 힘차게 돌게 하는 원동력입니다.

시를 붙들고 힘겨운 한 세상 이렇게 버텨냅니다.

유리벽

갑자기 '탁' 하는 소리가 들렸다
어린 새 한 마리
거실 유리문을 냅다 들이박고 툭, 떨어졌다
구겨진 휴지뭉치처럼

그 무엇이 너의 힘찬 날갯짓을 무력화시켰을까
거칠 것 없이 사방으로 뻗어 있을 듯한 허공의 길
투명한,
훤히 내보이면서도 완강하게 저지하는 저 유리문!
세상의 길이 되기도 하고
바람 한 줄기 스미지 않는 단절의 벽이 되기도 하는

팔 뻗으면 안과 밖
무시로 들락거릴 것 같은
습관화된 네 시야의 모순이
착시의 충격으로 스스로를 허물어뜨리고
날개 펼치고도 추락한 너의 생애가
창백하게 비틀거린다

그곳에 유리문이 있는 것은 잘못이 아니다
미처 깨닫지 못한 너의 실수일 뿐

머리 다친 새 한 마리
내 몸에서 푸드득 빠져나와
어찔어찔 어설프게 날아간다.

이식(移植)

새로 이사한 집
담장 따라 심은 장미나무
가슴에 따뜻한 입김 불어주던 경쾌한 얼굴들이
언제부턴가 우울해졌다
멎은 맥박처럼 웃음 멈춘 장미꽃 봉오리들
까맣게 태운 심장이 딱딱하다
새로 이식한 자리가 버거웠을까
꿈은 희망을 접목하지 못한 채 상실되고
모세혈관들
이민자처럼 뿌리 부풀리며
낯선 흙의 체취 견디려 안간힘을 썼을 것이다
흔적은 아프다
눈길이 닿던 그 웃음의 색깔과 기억까지도―
상처 딱지 떼어내듯 가위에 잘려나가는
메마른 꿈들의 잔해
땅에 닿자마자 부서지는 것들이
내 속에 얼얼하다
생명은 희망을 체념하지 못하고
어제가 잘려진 옆구리에 또 다른 희망을 싹틔우며
잘 벼린 가시의 서슬 높게 치켜뜬다
손등에 맺힌 핏방울 속으로
새빨간 스칼렛 장미 한 송이
화악, 피어난다.

마른 꽃

긴 목 거꾸로 늘어뜨린 한 다발의 미이라들

흰 벽 귀퉁이
버리지 못하는 습성(習性)이 애처롭게 걸려 있다
상처를 앓고 있는 말라붙은 상처
시간의 은륜이 페달을 굴리는 동안
버거운 제 영혼의 붉은 색깔
조금씩, 조금씩 몸 밖으로 밀어내며
스스로 퇴색되어가는 맨살 힘겹게 끌어안는
저 퀭한 눈동자
하염없는 울음 솟구칠 것 같은

잘려진 생의 한순간을 잠재우려는 걸까?
살갗들 침울하게 어두워진다

내 몸 어딘가에서도 세월 빠져나가는 소리
탱탱하던 날의 색채 점점 변색되고
오그라들어 버석대는 내 생의 여윈 색깔
움켜 쥘 수 없는 것들은 가벼이 보내야 한다
삶은 때때로 허방이라고
살과 피, 쪽 빼낸 꽃의 미이라들이
꽃이, 꽃이 되지 못하는 물기 빠진 입술들이
단호하게 일러주는.

조임생

거미
허수아비
몰운대에서

꿈처럼 깨어난 서울

한때는 서울이 거대한 하나의 감옥처럼 여겨지기도 했다. 서울에서 산다는 것은 자유를 구속당한 죄수처럼 숨 막힐 듯 답답한 나날을 살아낸다는 것이었다. 매연과 공해로 얼룩진 대도시의 삶은 끝도 없는 사막을 걷는 듯 삭막하고 고단하기만 했다. 숲과 꽃과 바람이, 밤하늘을 수놓는 별들이 몹시도 그리웠다. 도연명의 〈귀거래사〉를 부르며 언제쯤 전원으로 돌아갈 그날을 간절히 기다렸지만 돌아간다는 것이 어디 그리 쉬운 일인가. 형편과 처지와 용기가 뒷받침되지 않으면 언제 이루어질지 모를 요원한 몽상으로 끝날 확률이 높았다.

그러던 어느 날 서울은 꿈처럼 깨어나더니 새롭게 변하기 시작했다. 한강 치수와 함께 맑은 강물이 넘실거리고 유람선이 뜨는가 했더니 둔치엔 유채꽃이 만발하고 갖가지 수목들이 심겨지기 시작했다. 나비와 벌이 향기롭게 날아들고 새들이 지저귀게 된 것이다. 가까운 서울대공원, 서울숲에만 발길을 돌려도 넉넉한 자연의 품이 팔을 벌리고 희귀한 동물들을 만날 수 있다. 청계천에 푸른 물길이 열린 것은 또 얼마나 놀라운 기적인가. 서울에 멋진 인공의 자연이 또 하나 들어선 것이다.

서울은 이제 자연과 첨단 과학이 어우러진 아름다운 도시로 변했다. 교통체증이 심각하다고 불평하는 사람들도 있지만 지하철이 거미줄처럼 뻗어 있어 약속 시간에 늦을 염려 같은 건 하지 않아도 좋다. 서울은 이제 각종 문화의 혜택을 누릴 뿐만 아니라 봄 여름 가을 겨울 계절의 정취를 느끼며 살만한 멋진 도시로 탈바꿈한 것이다. 마치 번데기에서 우화한 나비처럼.

거미

나는 한 마리 거미
작은 틈서리에 베틀 하나 올려놓고
베틀베틀 북을 놀린다

씨줄과 날줄 올올이 엮어
그대의 사랑과 우정을
그대의 꿈과 야망을
포획하기 위한 그물을 짜고 있다
비바람에도 견딜 만큼
단단하고 질긴 그물을 짜고 있다

나는 한 마리 거미
내 생의 오솔길에 눈부신 그대
꽁꽁 묶어두기 위해
기쁨의 그물을 짜고 있다
베틀베틀
헤어지기 위한 슬픔을 짜고 있다.

허수아비

뙤약볕 화살처럼 내리꽂히는
파고다공원 안쪽 플라타너스 그늘 아래
하얗게 늙은 학들이 모여 있다
주름진 콧등에 돋보기를 걸치고
젊음의 불씨라도 살려낼 듯
설렁설렁 부채를 흔들거나 화투를 치거나
장기판에서 결판지게 천하를 호령하지만
가물거리는 파장의 등불 한 점 눈이 흐리다.

삶의 어느 오솔길에서
지푸라기로 속을 채운 허술한 몸이
황금 들녘 마주하고 서 있을 땐
전사처럼 당당했었지
한 계절 살고 가는 바람이지만
후회하지 않으리
지난날 미워하고 사랑했던 그대들이여
허허로운 추억의 편린들을
맛을 잃어 버린 의치(疑齒)로 질겅질겅 씹으며
추수 끝난 빈 그루터기에 장승처럼 서 있는
늙은 학 한 마리.

몰운대에서

누군가
내 생의 한 자락을 흔들고 지나갔다

아린 기억들이 우우 날아올라
여윈 손가락에 걸리고
벼랑에 기대선 고사목 한 그루
잔뜩 쉰 목소리로 휘파람을 불고 있다

연한 부리에
한 점씩 햇살을 물고
우듬지 날아오르던 새들
모두 떠나 버린 열애의 현장

가슴을 찢고 나온 추억의 새 한 마리
고개를 길게 빼고
먼 들길을 바라본다.

최금녀

지렁이
추억 카페
다섯 시의 배팅

● 시작노트 ···

　일몰은 얼마 남지 않았고, 손 안에는 허망 외엔 아무것도 남은 것이 없다. 그것을 자각한 순간의 당혹감과 초조함이 물밀듯 몰려오는 시간은 오후 다섯 시, 곧 어둠이 대지를 덮고 모든 생물은 둥지로 돌아가는 시간, 허허롭게 그 유한한 시간을 맞는 느낌은 그야말로 송곳으로 가슴을 후벼대는 것과 같다고나 할까.

　문득 지나온 세월을 되짚어 보니 바로 내가 그 상황에 처해 있다. 다시 시작하고 싶다. 그러나 없다. 이 절망에서 벗어날 수는 없을까, 그런 비장하고 절박한 상황의 탈출구 찾기를 배팅에 견주어 보았다. 배팅은 매회마다 큰 돈을 걸고 하는 카드게임의 용어다. 배팅이 성공하면 일거에 실점을 만회할 수 있다.

　지금이라도 실점을 만회하고 싶은 초조한 희망으로 다섯 시의 배팅을 써 보았다. 나 자신의 이야기이자 누구나의 이야기도 될 수 있으리라. 남은 햇살을 바라보며 나는 이제 내 생 어느 한마디를 걸어 배팅해야 할까.

지렁이

비 그친 뒤 잔디밭 여기저기에
흙거품이 솟아났다
지렁이가 뚫어놓은 숨구멍이다

불볕이 비 오듯 쏟아지고
하늘도, 숨구멍도,
잔디밭도 수런거리는데
지렁이는
배를 뒤집고 누워 꼼짝 않는다

습기 찬 땅 속보다는
숨통이 트인다는 뜻일까,

비 지나간 하늘에
초록이 짙푸르게 일어나고
짙푸른 초록 위에 길게 누워
이제는 그만 잠이 들고 싶은 걸까

밀어올린 숨구멍들 그대로 놓아두고
햇볕 속에서 말라 간다
온몸 늘어뜨리고
손도 눈도 없이.

추억 카페

인터넷 속 내 추억 카페에 들어가면
추억의 꾸러미들이 깜빡거린다
히까리마찌
럭키스트라익

전쟁 속에 수집된
내 추억의 각론(各論)들이다

그 중에도 히까리마찌 골목은 특별하다
노란 머리 검은 머리들이
저인망 속 인어들을 지폐로 낚아 올리며
직류를 보내던 곳
그럴 때마다 푸드득거리며
치마비늘이 벗겨지던 곳

인어들의 손가락 사이에서
쉴 새 없이 뿜어내던 럭키스트라익 연기
한 개피씩 연기로 사라지던 그녀들의 전쟁을
나는 문틈으로 내다보았다

비는 몇 날 며칠 전쟁처럼 내리고
쌍쌍의 달팽이들 축축한 내 방 벽에
등고선을 그리면
등고선 따라올라가
하염없이 바라보던 오륙도
파도소리에 가슴 식혔다

그때의 파도소리
포성처럼 들려오는
내 카페의 총론(總論)은 전쟁이다.

다섯 시의 배팅

지금은 다섯 시
내 몫으로 떨어진 몇 장의 카드와 몇 개의 칩이
파장의 어둠 속에 묻히고 있는
송곳 같은 시간

햇살이 토끼뜀으로 달아나고
새들도 저무는 나뭇가지에 앉아 눈알을 굴린다
새들은 이 저녁 어디로 가는 것일까
지금은 다섯 시
손 안에서 땀이 고인다

내가 바라고 취한 숫자 모두를 내던져
나를 일으켜 세워야 할
마지막 배팅의 순간이 왔다
달아나는 저 햇살에
내 생 어느 한 곳을 걸어
남은 카드 한 장에 배팅해야 할 것인지
손끝이 떨린다
어머니가 나를 낳을 때 흘려준 땀을
오늘 내가 흘리고 있다.

최진화

장마
녹동항에서
펭귄 이야기

● 시작노트···

　가끔 주말이면 남한강가 그 느티나무에게 간다. 이백 년이 넘은 그 녀석은 언제나 듬직한 얼굴로 나를 맞이한다.

　나무 둘레에 둥글게 놓인 의자에 앉아 강을 바라보고 있노라면 시간이 정지된 느낌이다. 초록 손바닥들이 만든 지붕 아래로 들어가 팔베개라도 하고 누우면 손바닥 사이로 하늘이 폭포처럼 쏟아져 내린다. 순간 시간은 우주 밖으로 멀리 날아가 버린다.

　하지만 그것도 잠시 강가 평상에 앉은 노인들의 살아 있는 이야기 소리가 귓가를 간지르기 시작하면 나는 다시 지구로 돌아온다. 어슬렁어슬렁, 기웃기웃 입가에 미소를 지으며 그들의 진한 주름 속으로 들어간다.

　노인들의 곡절 많은 삶이 긴 장마와 같았으리. 언제쯤 밝은 해를 보려나. 언제나 꿉꿉하고 이 습한 날들이 가려나. 그들은 그 모진 세월을 참아가며 여기까지 온 것임을 나는 깨닫는 것이다.

　강 건너 멀리 기차가 또 지나간다. 시간이 지나간다. 장마는 끝나지 않는다. 노인들의 화투도 끝나지 않는다. 우리의 삶도 계속 끝나지 않는다.

장마

수청리 늙은 느티나무
긴 하품하며 눈물 질척이는 오후
곡소리라도 낼 것 같은 먹빛 하늘 아래
마을 할머니들 구부정하게 이마를 맞대고
연신 화투짝을 내리칩니다
주름져 말린 적삼 사이로
늘어진 젖가슴 땀을 찍찍 흘리고
집 나간 서방 죽어서야 돌아왔다는
팔자 사나운 이야기 안주 삼아
10원 뺑이 화투판은 시름시름 돌아갑니다
풍단이여, 났다. 났어
내도 요 사슴처름 살고 싶었는디
반짝이는 할머니 눈 속에서 꽃사슴 한 마리
내게로 뛰어오는데
어디선가 비를 움켜쥔 구름, 떼로 몰려들어
뒷짐 쥐고 서 있는 저 강에
모진 세월 풍덩 던지고 흘러갑니다.

* 수청리: 경기도 광주 남종면 남한강가에 있는 마을.

녹동항에서

배도 끊긴 포구에
밤을 저미며
섬 우는 소리 들린다

뭍을 향해
긴 세월 피울음 던지다
휘어진 저 해송들

검은 바다 위
징검다리 놓은
만월을 밟고

뼈만 남은 섬 하나
소록도가
우렁우렁 건너오고 있다.

펭귄 이야기

뒤뚱거리며 침대로 갔을 때
당신은 이미 없었다
짧은 다리로 당신의 허벅지를 긁기도 해 보았지만
숨소리는 먼 남태평양
비취빛 바람에 얹혀 있었다

나는 홀로 서 있었다
어디에도 당신은 없는 얼음산 그 한가운데

한때 당신은
알을 품은 채 눈도 뜨지 못하는 바람 속에서
나를 기다린 적이 있었다
뱃속 가득 잘게 부순 먹이를 채우고
나도 당신과 우리의 알을 향해
몸을 뒹굴며 달려간 적이 있었다

이 밤
오로라 흐르는 하늘로 날아오르고 싶지만
당신의 손을 잡고 날아오르고 싶지만
지느러미가 된 날개만 퍼득이고 있다.

5

꽃이 진다

하두자 권미자 김계영 김광옥 김금용

김세영 김연자 김영은 김인육 김정임

김한순 나순자

하두자

미스 코리아 불한중막
가을날
꽃이 진다

●시작노트···

새벽에 문득 창 밖을 보면 풍경은 바람이 부는 곳으로 돌아간다.
그리고 소나무들은 조용하게 숨쉬며 풍경소리를 듣고 있다.
바람은 언제나 그리운 쪽으로 고개가 돌아가나 보다.
고개가 자꾸 돌아가는 그곳,
혹은 바라보는 곳,
내 마음이 그쪽을 향해 돌아가는 곳
오, 위대한 글쓰기의 짝사랑이여!

예전에는 몸살을 많이 앓았다.
내 노동의 밥 한 공기 분량과 존재, 생의 허기짐, 무력감 등등 때문에
이제는 많이 담담해져 간다.
감성과 내 안의 제어장치가 너무 잘 맞아서
단단한 살집과 날렵한 영혼이 나에게 찾아오지 않아
괴로울 수밖에 없었던 날들이 되려 고마와진다.
지금, 나는
안고 있는 이 버거운 사랑만으로도 행복해야 한다.

미스 코리아 불한증막

소나무 장작불과 송이버섯 같은
알몸방
엉덩이를 떠받치고 있는 맥반석방과
짜릿한 게임방,
그래
기둥서방인 소금기둥방과

불경스러운 자수정방
붉은 침묵의 황토방과
바람 맑은 오라테리피 산소방과
그래, 그래
뱃가죽이 시커먼 껄덕방

붉은 혓바닥이 널름거리는 모임방과
한 다발의 이빨이 주르르
묶여 있는 틀니방
그래, 그래, 그래
허브 스킨케어, 헤어 매직, 헤어 아트,

까망 탈모 관리,
그래, 그래,
미스 코리아만 양성하는 미인학교
서울엔 불한증막이 없다.

가을날

꽃이 진다
꽃노을에 빌딩이 하나씩 지워진다
테헤란로 모퉁이를 돌아 밤이 온다
유리창마다 파랗게 번진다

꽃이 진다

자동차가 경적을 울리며 달린다
GS25시를 빠져나가는
레몬등 불빛이 흔들린다
핸드폰이 짧게 두 번 울린다
막다른 골목 끝에서
하얗게 웃고 서 있는 당신.

꽃이 진다

날이 저물었다
조용히 몸 뉘일 곳을 찾아 떠난다

낮달이 있는 밀밭길

한 사내가 길을 떠나보내고 있었다
한 사내가 몇 점 흰 구름을 뱉아내고 있었다
한 사내가 밀밭 속에서 파닥이는 새소리를 듣고 있었다
한 사내가 노란 햇살을 당기고 있었다
한 사내가 구부정하게 검은 우산을 들고 있었다
한 사내가 황톳길 먼지를 바짓단에 말아 올리고 있었다
한 사내가 햇살이 닦아놓은 길을 올려다보고 있었다
낮달이 하늘 한 귀퉁이로 사내를 밀어내고 있었다.

* 장욱진 〈자화상〉, 캔버스에 유채.

권미자

어린 시집
동심(童心)
아가 3

길 아닌 길을 오르며

망우리 공원 초입은 본래 사색의 길이 시작되는 곳이다. 승용차를 이용할 때는 주차장까지 이곳을 거쳐 들어가게 되어 있다. 사색의 길이라 명명되는 망우리 산책로는 십 리 이상 되는 길로 한 바퀴 도는데 거의 한 시간 정도가 소요된다. 그러나 나는 그 길로는 잘 안 간다. 그보다는 13도창 탑이 있는 운동장 쪽으로 난 계단 길을 자주 이용한다. 허나 그 길도 내려올 때만 그곳을 이용한다. 올라갈 때는 아무 곳이든 숲으로 들어가서 길이 아닌 곳으로 길을 내며 올라간다. 망우리 공원은 길이 아닌 곳이 없다. 모두가 묘지와 연결해서 어디든지 길이 있다.

오늘은 개울을 따라 올라갔다. 날이 가물어서 그런지 물은 별로 없고 이제 피기 시작한 노란 개나리 사이에 작은 바위들이 들어나 있다. 지난 가을에 떨어진 낙엽이 바위 사이에 수북이 쌓인 곳도 있다. 이제 곧 비가 많이 오는 계절이 오면 낙엽을 쓸어내리며 개울물이 흐를 것이다. 바위를 밟고 오르다 보니 밑둥치가 움푹 파인 커다란 나무가 보인다. 죽은 나무처럼 보이지만 이제 곧 잎을 피울 것이다. 주변의 작은 봄꽃들이 고개를 들고 있지만 마른 가지를 늘어뜨리고 있는 큰 나무들은 잎 틔울 준비가 아직 덜된 것 같다. 멀리 개나리들 사이로 묘지들이 옹기종기 앉아 있다. 좀 더 올라가서 보니 여기저기 개나리가 흐드러지게 피어 있다. 그 사이로 멀리 박인환님 묘지가 보였다. 그곳이 보이면 언제나 마음이 편안해진다. 박인환님 묘지에서 한 참을 머무르다 일어섰다.

오후 늦은 시간 산을 오른 탓에 벌써 해가 기울고 있다. 건너편 산봉우리 위로 해가 넘어가고 있다. 붉은빛이 나무와 나무 사이에서 눈이 부신다. 불덩이가 나무 아래 뿌리 속으로 점점 깃들고 있다. 커다란 불덩이가 나무를 통째로 떠받들고 있는 장관이라니! 어디서도 볼 수 없는 풍경이다. 어느 화가가 이런 풍경을 화폭에 담을 수가 있을까? 망우리 공원에서만 볼 수 있는 그림이다. 저런 모습을 어떻게 다 글로 표현할 수 있단 말인가? 그림 앞에 더욱 초라해지는 나를 본다. 언제인가 임하댐 근처의 긴 다리 위에서 본 저녁노을이 문득 떠올랐다. 그때도 그랬다. 보랏빛 구름 사이를 헤치며 황금빛으로 쏟아지는 노을 앞에 소립자처럼 작게 느껴지던 사람들.

저녁노을 아래 커다란 불덩이 하나 나무를 키우고 있다.

어린 시집

뒤란에 앵두나무 한 그루 있었는데요
발갛고 맑은 작은 열매 속에
고만고만한 씨를 품고 반짝였는데요

한 개씩 따 먹으면 감질나서
한 주먹씩 입에 넣고 우물거리다 보면
줄줄이 씨만 남아
입 안에서 굴러 다녔거든요

나는 그 씨를
풀밭으로 돌담 위로 마구마구
뱉어냈는데요

그 씨만 잘 간수하고 있었어도
지금쯤 내 속에 앵두나무 한 그루 정도는
무성하게 자랐을 것인데요
그 작은 열매가
시를 품고 있는 줄을 누가 알았겠어요.

동심(童心)

계곡 따라 점점 숲속으로 들어간다
자주색 물봉선, 도꼬마리, 여뀌풀이 한창이다

개울 따라 요리조리
바위들을 건너뛰며 올라가다 보면

물줄기를 따라 오르는 일에
도꼬마리 한 쌍이 동참하려는 듯
옷깃에 붙어 앙증맞다

나도 산 깃에 붙어 앙증맞고 싶어진다
갑자기 하늘이 하하 거리며 웃는다.

아가 3
―망우리 시편 12

해질 무렵 망우산 꼭대기에
샤갈의 그림 두 편이 펼쳐져 있다

붉디붉은 해가
산 위에 서 있는 나무 밑동을
눈에 불을 켜고 떠받들고 있다가
갈래진 등성이 사이로 서서히 드러눕고 있다
산등성이는 튼실한 자궁을
당당하게 들어내놓고
터질 듯한 불덩이를 안고 있다

붉게 타오르는 자궁 속으로 새 한 마리
푸드득 거리며 날아오르고 있다
부끄럽고도 황홀한 저 풍경
살다 보면 이렇게 행운은
겹쳐서 찾아올지도 모를 일이다

산등성이를 올라온
여인이 여기저기 눈치를 살피다가
노을이 가득 퍼진 묘지 사이에서
재빠르게 치마를 걷어 올리고 있다

여인의 다리 사이 무덤 잔디가
붉게 물든 거웃처럼 빛나고 있다.

 * 샤갈의 그림 중의 하나로 솔로몬의 사랑 노래를 그림으로 표현해 놓은 연작 중에 하나
라고 한다. 불타는 듯한 빨간색은 연인들의 사랑을 이야기한다고 합니다.

김계영

초록 별로 뜬 나의 어머니
사실 밖의 풍경
내 안의 기쁨을 찾아

● 시작노트..

　외로움의 빛깔이 짙어지는 날이 있다. 그 빛의 그물망에 갇혀 버리고 말면 마음속 머물러 있던 체념마저도 달랠 길 없어 스스로 잠기게 된다. 애초에 꾸었던 꿈이 무엇이었던가.

　잘 닦여진 길을 사랑하는 이와 함께 조용조용 걷고 싶었는가. 그것이 이제는 낡고 흔한 사랑의 꿈이라고 생각한 것인가. 그러면 머리에서 지워 버려야 할 것인가. 울고불고 생각을 추스르려 버둥거리다 보면 비로소 눈 뜨게 되는 청승맞은 고백 같은 말이 있다. 그것들을 주워 담아 희망에게도 말 건네 보고, 기쁨에게도 말 건네 보고, 사랑에게도 말 건네 보고, 내일은 나 자신에게 밝은 아침 인사를 나누겠지. 다시 알을 까고 날아가는 하늘의 새가 되고 싶어진다. 밤새 어둠을 가르고 아침 해가 얼굴을 내밀 때의 넓은 하늘, 시원한 하늘의 빛깔이 스멀스멀 가슴을 열어준다. 나도 모르는 사이 투명한 지점에서 머무는 자유로운 생각들이 있다. 힘을 얻어 느릿느릿 생각의 조각들을 이어 본다. 가만히 찾아오는 행복감. 나의 마음 같기도 하고 나의 얼굴 같기도 한 한 편의 시가 된다.

초록 별로 뜬 나의 어머니

어머니
서둘러 가신 그 세상에도
바람 서늘한 가을입니까

어느새 백 날이 지났어요
닿을 수 없는 이 슬픔이 꿈길 같기만 하여
철없는 이 딸은
목말라 목말라
하루에도 몇 번씩 분해되어 버리고 싶었어요

옷섶을 열고 안기고 싶어서
속엣말 모두 다 풀어놓고 싶어서
'어머니' 란 말 맴돌기만 하여
숨어 있던 눈물이 앞 강물이 되었어요

오늘 동생들과 모여앉아
가을꽃 한 다발 어머니께 바치고
고왔던 어머니 노랫소리 강물소리로 듣고
고왔던 어머니 옷매무새 말간 하늘빛으로 보면서
어머니의 무늬를 가슴에 새깁니다
그 세상 하늘이 높고도 멀기만 합니다.

사실 밖의 풍경

바다가 보고 싶은 날
십리포 바닷가에 갔어요
십 리도 못 가서 발병이 나요
십리포 이름이 정다웁게 남아 있었지요

바닷바람을 이기겠다고
백사십 년이나 자란 소사나무들이 버티고 서 있어요
그 세월 얼마나 속이 탔으면
줄기가 온통 까맣게 되었나요
사방으로 꿈틀대며 뻗어난
괴기스러운 모양새는
굽이굽이 사람들 살아온 모습 같기만 하네요
그래도 하늘빛 처량하여
이상한 나라에 온 것만 같아요

나무들도
바다를 보고
가슴 다독이며
몽환적인 꿈을 꾸기도 할까요
백 년이 더 지나서도 꾸고 싶은 꿈을

바다가 그리운 날
또 십리포 바닷가에 갔어요.

내 안의 기쁨을 찾아

그의 연주는
미세한 손가락 열 개가
폭풍처럼 요동친다

천의 소리를 가진
마술 같은 울림 속으로
나는 빠져들어간다

먼지로 떠돌던
내 마음이
소리의 길 따라 깊어간다
아, 그 빛나는 순수의 세계로

기쁨과 슬픔이 뒤엉켜
혼돈의 터널을 빠져나와
다시 아늑한
깊은 물속으로 잠긴다

드디어
내가 숨쉴 공간을 찾아
느리게 호흡한다
느리게 걷는다
그의 손가락이
멈추고 나서도.

김광옥

● 시작노트 ....

　나는 서울에서 태어나지는 않았지만 초등학교 시절부터 서울에서 살았다. 처음에는 종로국민학교를 다녔다. 그때는 바로 인사동 수운회관 뒤쪽에서 살았는데 반 친구들이 인사동에 사는 관계로 오늘날의 인사동 거리가 우리들의 놀이장소였다. 그 이후 6·25를 겪으며 충무로로 이사가서는 남산국민학교를 다니게 되었다.

　그때는 남산을 놀이터로 삼아 자랐다. 남산에서는 계절 따라 버찌며 오디를 따먹었고 공원에 올라가서는 야구를 했다. 야구를 하다가 공이 숲 속으로 날아가면 십분 이십 분 숲속을 뒤져 볼을 찾고서야 다시 시작했다. 볼이라야 하나 둘 밖에 없었으니 그 볼을 잃어 버린 채 시합을 계속할 수는 없었다.

　6·25 이후 서울이 수복된 뒤로는 손으로 만든 베어링 바퀴의 작은 구루마(수레)를 타고 남산 순환도로 위에서부터 미끄러져 내려오곤 했다. 하수구를 지나다 보면 때로 이음새가 떨어져 운전하는 아이는 앞서가고 뒤엔 탄 아이는 제자리에 주저앉고 마는 해프닝도 있었다.

　옛이야기를 하는 것이지만 남대문시장에서 퇴계로 길로 '한국의 집' 까지 연결된 남산 언저리에는 어린 추억이 아직도 내 기억 속에 펄펄 살아 있다.

　전에 지방 도시에서 근무하던 때 추석이 다가오면 서울에 다녀온다는 이야기 대신 '고향에 다녀오려고 해' 하면서 웃던 일이 생각난다. 서울에 사는 사람은 서울을 고향이라고 부르는 일이 드물 것이다.

　서울이 국제화되어 옛 모습이 많이 바뀌었지만 아무리 큰 새 건물들이라 해도 나의 눈에는 50년 전 있던 건물이나 풍경 위에 그냥 덧칠한 것으로 밖에는 보이지 않는다.

　나는 시 습작을 하기 시작한 것이 대략 10여 년 전인 1997년인데 그때 습작으로 쓰기 시작한 소재가 서울에 관한 것들이다. 서울의 추억과 산업화를 비판하는 내용 등이 섞여 있다. 이번 시 속에는 10년 전에 쓴 그때의 시가 섞여 있다. 서울이 어중된 발전으로 비판 대상이 되어 있고 나도 그런 유의 시를 썼지만 여기서는 먼저 추억으로 본 서울을 소개하고자 했다.

　비록 비판을 하는 시라 하더라도 내가 사는 서울을 보다 더 아름답게 가꾸고 싶은 소망에서 우러나오는 표현들이 아니겠는가!

벚꽃 샤워

휘이 휘—
봄날, 목청을 가다듬는 새의 휘파람 소리에
벚꽃은 뚝뚝 비늘처럼 떨어져
무량구천으로 비행을 한다
하늬하늬 샛바람에
팔랑팔랑 파란 하늘로

벚꽃이 피는 4월 초 2주간
이날들을 분, 초로 기억하라

나는 벚꽃 터널 아래
꽃잎 장막 속에
벚꽃 샤워를 하며
얼굴이 붉어진다

이래도 되는 것인가
나만 흥에 취해도 좋은 것인가
꽃이 세상과 커튼을 치며
눈감으면 어느 사이 나는 발가벗겨져 있다

후드득
바람결에 볼 위로 떨어진 꽃잎 하나
하늘하늘 속삭인다
우리 같이 꽃이 되자고

그래도 좋은 것인가

잎은 남아
꽃잎에게 손나팔을 만들어 불고 있다
'나도 같이 가겠노라' 고
'그곳에 같이 있겠노라' 고

봄바람이 익어가는 저녁
벚꽃은 하늘을 가리고
세상은 벌겋게 물들어 간다

관계 1
—모차르트 호른 협주곡

오월의 초저녁
예술의 전당에서 '나자로마을돕기' 자선 음악회가 열리고
모차르트 호른 협주곡 제1번을 듣는다
모차르트 당신, 격렬하게 살다간 생애

한쪽에서 조용조용 꽃잎 떨어지고
한쪽에서는 새록새록 푸른 잎 돋는 자연의 교대식이
오월과 어울리고 있다

호른 협주곡 제1번
바이올린은 꽃의 소리
첼로는 푸른 숲속에서 모차르트가
새를 부르는 소리
산짐승을 부르는 소리
사람을 부르는 소리

서울 예술 오케스트라 20여 바이올린은
고른 음으로 같은 듯 다르게
20여 첼로는 다른 듯 같게
호른은 무엇인가를 말할 듯하다
참고 다시 말할 듯
참고……
그때마다
바이올린과 첼로가 호른소리를 감싼다

모차르트, 그 깊은 정렬에 많이 인고하였으니
사람을 그리워하는 호흡이라

이 밤 흐른 소리는 바이올린과 첼로를 이끌고
음악 홀 문틈을 지나
우면산 숲속으로
사람의 숨결을 끌고 간다

관계 2
─신호등

신도시로 가는 교외 도로의 아침
차가 없어 빨리 달리자 이삼 분 후 네거리에서 적신호와 만난다
너무 빨리 달려왔나 천천히 가자 60킬로에서 40킬로로 줄여 달린다
다음 블록에서 다시 적신호와 만난다
혹시 이쪽 진행에 맞춘 것이 아니라 저쪽 새 아파트단지에서 좌회전하
는 차의 흐름을 위한 신호체계인가

이번에는 규정 속도대로 60킬로로 달린다 다시 붉은 신호와 만난다 적
신호는 차의 흐름을 막는 적이다 대기업이 자기 차의 안전을 위해 길을 끊
고 신호기를 달아놓았다
참아야 한다 다음 블록에서 다시 빨간 신호. 이건 뭔가 높은 사람이 지
나느라 신호를 바꿔놓고는 그대로 방치한 것인가 아니면 교통경찰이 범
칙금을 먹으려고 신호를 조작한 것인가

차는 달리고 싶다
다음 교차로에서 차는 붉은 마귀를 만난다
저건 도시를 황폐화시키는 요물이다 부서야 한다 이번에는 속도가 죽
었으니 늦었고 다음 신호에서는 처단해야 한다

적신호에서 노란 신호. 다시 달려 나갈 준비를 하는데 다시 적신호. 차
가 움찔한다
선다. 이번에는 이상한 신호 주기로 차의 타이밍을 뺏는다

나는 신호 섬에 갇혔다. 신호는 나의 허를 찌르고 나는 순간적으로 팔
다리가 마비되는 느낌이 온다

다시 '가라'는 푸른 신호에
차는 앞으로 나갈 테지만

나는 어디로 가고 있는가
어디로 가야 하는가

김금용

대추 한 알 떨어진다
다시 사백 년 뒤에
막힌 배수구

● 시작노트 ....

　친구들과 수다를 떨면서도 내 영혼은 내 머리 밖을 나와 주변을 떠돈다. 어둠이 깔리기 시작하는 거리, 지나가는 낯선 이의, 그러나 낯설지 않게 다가오는 그리운 이의 실루엣, 몇 달 전 신문에 실렸던 사백 년 전의 한 젊은 부부에 대한 추측 기사…… 미이라처럼 고스란히 머리칼마저 보존된 채 발견된 조선시대 한 부인의 무덤에서 그녀가 남편에게 남긴 사랑의 편지…… 사백 년간이나 맺지 못한 그리움은 사랑은 시간도 뛰어넘고 시대도 뛰어넘어 다시 이어질까…… 문득 창밖을 바라보니 석양을 끼고 겉돌던 바람이 수선스럽게 내게 다가오고, 아, 그 기척에 놀랍게도, 가볍게도, 카페 마당의 대추나무에서 문득, 대추 한 알이 떨어진다. 저 대추는 우주의 법칙에 따라 떨어지는 것이겠지만, 그럼에도 내겐 그 과학적인 추리보다는 농익은 한 계절의 마감이 저렇게 대추에게까지 정확하게 내리꽂히는 게 두렵다. 아무렇지도 않게 이런 풍경들이 내 옆에서 끊임없이 일어나는 것이 두렵다. 나와 상관없이 대추 한 알은 우주와의 약속 아래 어김없이 떨어지는데, 난 겁없이 또 하루를 한 해를 보내고 있으니 말이다. 단절이다. 내 스스로 단절 앞에서 포박당한다.

대추 한 알 떨어진다

우주여 긴장하라
대추 한 알
떨어진다
농익어 뒹구는 가을 자진모리
세상이 흔들리는지
밤하늘로 뛰쳐나오는 별무리들
단내나는 칼을 빗겨들고
비어가는 마당가에서 보초를 서 보지만
전쟁 같은 사랑에 귀먹은 가을이
피눈물을 떨구며
거침없이 자결한다
붉은 生 토하며.

다시 사백 년 뒤에
—단절 1

네가 관을 열었을 때
난 틈으로 새어드는 햇살 한 줄기부터 보았어
사백 년 전 내게 입혀준 비단 옷과 머리칼 여전히 생생하지만
녹슨 내 안 어디에서 널 받아들일 수 있을 것인지
감당할 수 없는 욕심임에도
죽어도 죽지 못한 내 영혼을 깨우지 못할 것임에도
썩은 내장에 발꿈치에 심장에
한여름 햇살을 사흘이고 한 달이고 마구 들이마셨어
아기가 젖을 물고 빨듯
뿌리로부터 푸른 이끼가 자라고
유두에서 젖물이 흐르듯
어제와 다른 꿈틀거리는 새 빛을 받아 마셨어
상상 입덧을 하고 구토를 하며 배를 불렸어
창을 열고 긴 담장 너머 산으로 가는
뭉게구름이랑 낮달까지 불러들였어
안개 바다를 빠져나가는 길 위에서 외쳤어
앞길이 어디야 난 다시 일어섰는데
몸 안에서 널 불러 세우는데
어디야 네 고개는 어디로 향하고 있는 거야
난 여전히 너의 휘어진 등을 바라보는데
이렇게 부활을 꿈꾸는데.

막힌 배수구
―단절 2

어디서부터 너에게로 가는 통로가 막혔을까 언제부터 고장이라고 붉은
딱지를 달아놓았을까 맑은 물조차 토악질을 하는 네 앞에서 원인은 따져
보지도 못하고 묵시적으로 돌아섰을 뿐 눈치 보며 묵묵부답이었을 뿐 대
책이 서지 않는 현실에 대한 도피였을까 도전이니 용기니 부딪치기엔 노
련한 삶의 중늙은이가 된 것일까 담장 친 건 내가 아니라고 형체도 알 수
없는 잡다한 음식찌꺼기 긁어내며 '뚫어뻥'을 휘둘러 보지만 항의하기에
도 지친 무력함 때문일까 핑계 대고 목이 메는 건 자신에 대한 배반 때문
일까 불 꺼진 동네 슈퍼마켓 앞에 차를 세우고 담배를 빼어 무는 남자의
실루엣이 어둡다.

김세영

가을 산
겨울 산
여름 산

서울을 상징하는 것으로는 한강과 북한산을 먼저 떠올릴 것이다. 최근에 복원된 청계천도 이젠 새로운 상징이 될 수 있을 것이다. 한강과 북한산에 대한 시는 오랜 세월 많은 시인들에 의해서 다루어져서 자칫 진부한 시가 될 수 있을 것 같아서, 반세기 동안 지하 하수도 속에서 잊혀져 있다가, 이번에 햇빛과 달빛 아래 옛모습을 드러낸 청계천 다리 중 다리 밟기의 주요 다리이고, 난간의 조각상이나 교각들이 비교적 온전히 잘 보전된 광통교를 시의 소재로 택했다. 정월 대보름날 밤이 되면 도성 안 남녀 모든 사람들이 종루(鐘樓)로 몰려들어, 종소리를 들은 다음 청계천의 열두 다리를 차례로 밟았다고 한다. 이 열두 다리는 대체로 대광통교, 소광통교, 수표교, 장통교, 효경교, 태평교, 모전교, 송기교, 혜정교, 철물교, 동대문 안의 첫 다리(初橋)와 둘째 다리(二橋) 등이었다. 12다리를 건너면 12달의 액을 막고, 자기 나이 수만큼 다리를 밟으면 다리가 튼튼해지고 모든 액을 면한다는 믿음으로 남녀노소·상하귀천의 구별 없이 다리 밟기를 하였다. 보름달은 바다의 만조나 인체의 배란기처럼 우리의 정서를 충만하게 하는 마력을 지닌 것같다. 선남선녀들이 달빛 아래서 서로의 눈빛을 주고받으며 인연의 다리 밟기를 하였을 것이다. 그래서 달빛 좋은 어느 날 밤 종각 부근의 청계천에 가서 광통교, 수표교 등 옛 다리들 위를 걸어 보았다. 세월에 마모된 해태 석상을 만져 보며 사랑의 인연을 이루지 못한 한 여인을 상상 속에서 다리 밟기하며 만나 보았다.

가을 산
—화장(火葬)

치열한 고행의 몸짓
등줄기의 날개 매질로
선혈로 튀어오르는 불씨
참나무 묵은 낙엽에 떨어져서
산의 고샅에서 불꽃 피어나고
마른 솔방울로 떨어지는
매미의 육신들이 불길을 돋운다

에돌아 가던 부처님 앞에
이제라도 삼천배(三千拜)하고
불길 일렁이는 숲속으로 걸어가면
내 혼의 잿가루가 담긴 발자국 속에
사리(舍利) 유사품이라도 남을까.

겨울 산

능선의 소나무 바람벽이
황소의 등허리처럼 꿈틀거리고 있네

고사목 몸통 속에서
한 토막 지푸라기로 누운
가는실잠자리가 겨울나기를 하고
바윗굴 속에서 반달가슴곰이
보름달로 부푼 배를 안고 자고 있네

잠 들지 못하는 혼령들은
달빛 고드름을 붙잡고, 빙폭을 올라가며
희푸른 이마를 번뜩이고 있네

상고대 위의 두루미 날갯짓에
하늘의 문빗장이 열리자
눈사태로 순백의 멍석을 펼쳐놓고
씻김굿의 절을 하라 하네.

여름 산

불볕에 누운 너럭바위 위
화석의 알에서 부화한
익룡과 공룡
울레미아 소나무 숲에서의
기억을 되새기고 있었다

나무들이 눈 뜬 봉사처럼
검은 안개의 휘장에 갇혀
감성의 잎사귀를 곧추세울 때
산정에 올라가서
구름 위에서 한몸이 되었다

섬광이 어둠의 천막을 찢고
날갯죽지로 포옹한 심장 박동이
천둥 메아리가 되어 산봉우리가 흔들리고
산허리가 전율하고 계곡의 물이 넘쳤다

산기슭의 질퍽한 밭에서는
여름 산이 낳은 수박들이
공룡의 알들과 뒹굴며 놀고 있었다.

김연자

허기 한 양푼
파도
5층에는 부처가 산다

오랜 동안 눈뜨지 않는 희망만을 흉터처럼 품고 살았다.
그것이 소통부재든 또는 불능이었던 간에
너무 오랜 침잠이었고,
존재에 대한 구속이었다는 것만은 사실이다.
이젠 이 게으름에, 이 방관자적 삶에
채찍을 들고 싶다.

자본이 행사하는 생산성 없는 황폐한 세계 속에서
혹은 그것이 행사하는 이데올로기의 허위 속에서
시인은 미적으로 저항할 수 있는 방법을
보여줘야 한다는 글을 읽은 적이 있다.

치열하게 피 흘리는 나를 만나고 싶다.

허기 한 양푼

버스 정류장 빤히 보이는
골목 한 귀퉁이
늙수그레한 아낙 좌판 벌려놓고
오후 두 시 늦은 점심 먹는다
푸성귀 너불대는 밥
쓱쓱 비벼가며
입 안으로 바삐 떠 넣는다

펼친 보리박스 위에
가지런히 누운 비름나물과
한낮 지나온 상치 쑥갓
무심히 훑고 가는 눈들에 시드는
가을날 오후

식은 밥덩이 한 양푼은
허기와 거리를 좁히지 않는다
양푼 속을 허둥거리는 수저
멋쩍은 수저가 잠시
정류장을 흘끔거린다

버스를 기다리는 내 빈 위장
근질거리는 공복을
저 밥이 자꾸만 긁는다.

파도

그가 주정을 한다
꼬부라진 혀 휘두른다
방바닥에 나를 붙들어 앉히고
제 말들만 횡설수설
끝도 없이 부려놓는다

그 개새끼! 나를 그리 배신할 줄 몰랐어!
그러고도 지가 잘될 줄 알어?

그의 입에서 가슴에서 주머니에서
안으로만 출렁거리던 바다가
우르르 쏟아져 나온다
걷잡을 수 없이 넘쳐나는 파도
마침내 오늘 그는
오래된 슬픔들을 방류한다
이불 밖으로 삐져나온
아이의 까만 발등이 먼저 젖는다
무릎 닳아진 바지를 적시고
날깃해진 소맷부리 자켓을 적시고
테이프 붙여놓은 깨진 장난감들
흠뻑 흠뻑 적신다

있는 것들이 더 해! 꺼~~억 꺽!
그래도 당신은 날 믿지?

그는 너무 오래 제 가슴 다독이고 재운
잔잔한 바다였을 것이다

내가 너무 바보처럼 살았나 봐!
벼~엉신 같으니라고!

미안하다고 미안하다고
방바닥으로 눕는 그의 속앓이들
잠 속에서도 꿈틀거리며
흘러넘치는 파도를 재우느라 훌쩍인다.

5층에는 부처가 산다

안산시 월피동 00번지
룸싸롱, 단란주점 5층에는
부처가 산다
밤마다 노래방에서 들려오는
음악소리에 잠을 설치는 부처는
백악관 룸싸롱 술병 깨지는 소리에도
좌불안석 단에서 내려와
밤새 법당 안을 거닌다

밤마다 젖무덤 하얗게 부푸는 여자들과
새벽 미명에나 엘리베이터가
툭툭 뱉어놓는 사람들을
부처는 걱정한다
아슬아슬한 하이힐 굽으로
세상 난간을 딛고 서 있는 여자들
술주정 푸념을 다 들어주느라
머리가 허옇게 세기도 한다
가끔 백악관 조폭 형님이 올리는 맥주 한잔에
반갑게 목을 축이다가도
부처는 거저 난감하다

오늘도 손님 줄줄이 들기를 기다리며
줄담배 문 쪽으로만 푸푸 부는
옥녀촌 닮고 닮은 미스 장
나이 어린 가장인 미스 장을 걱정하는
5층에 사는 부처는 건사할 일 참 많기도 하다

5층에는 부처가 산다.

김영은

해안도
물고기의 저녁
모래 인형

김영은

● 시작노트 ....

　산다는 건 참 쓸쓸한 일이다. 추억의 낱장에서 읽어 보는 상처의 그 환함이라
니…… 그것들이나 들추며 아직도 빛으로 나오지 못하는 나를 만나는 일.
　때로는 작은 풀꽃에서 우주가 기우뚱거리는 놀라움에 살아 있다는 걸 확인하
기도 하지만, 존재의 당위성에 대한 의문은 여전히 나를 혼란에 빠트린다.
　그래도 어쩌겠는가. 밤이면 별로 반짝이는 내 그리움이 아직 거기에 있으니.

해안도

노을 끝에 서 보면 안다
우리가 얼마나 많은 물길 건너
이곳에 서 있는지
갈라진 마음과 찢어진 언어 속에서
눈물 묻은 순정을 조약돌로 키워 왔는지
바위에 부딪쳐 혼절한 물줄기
하반신만으로도 바다를 일으키고
반짝이는 물빛 닦을 수 있다니
돌과 돌 사이에서도
물새의 노래 따라 부를 수 있다니

발밑으로
남몰래 흘렸을 하얀 물거품
햇빛 아래 이유없이 부끄럽구나
마음을 먼저 눕히면
은빛 모래알
더는 쪼갤 수 없는 사랑으로
작아서 아름답구나.

물고기의 저녁

물살 거친 강을 건넌다
낡은 목선에 비린 마음 얹고 잡풀 속을 헤쳐간다
기슭에서 쇠어가는 추억의 잡풀
한때는 화창한 날, 턱없이 넘치는 젊음에 겨워
물비늘 꼿꼿이 앞세우기도 했으리
여린 것들 죄다 늙고 바래 물거품으로 돌아오는
어느 기우는 저녁
강은 어둠보다 더 막막한 물살 끌고
그 너머 갈대가 꽃 피고 마르는 세월이 있다
출렁이는 물살 잠재우지 않고는
건널 수 없으리
부는 바람 위로 빛나는 하늘, 푸르다
이제는 가질 수 없는 푸르름
인생도 용서할 수 없는 시간을 푸르게 용서하는 것
바람 자면 물결도 자리라
마음이 강을 다 건너고 나면
손 닿을 수 없는 곳에 여백으로 남아 있던 머언 산
가까이 보게 되리라.

모래 인형

그랬었다
눈앞에서 사라져 버린 길
비틀거렸다
나는 길 끝으로 떠밀리고
쏴아 밀려오던 모래바람
시간은, 거친 토네이도에 휩쓸려 사라지고
틈새마다 틀어막고 못을 쳐대던, 언제던가
그때 무엇을 가두었는지
밤이면 마룻장 뜯는 소리 시끄럽더니
기억의 얼음 속을 뚫고
솟아오르는 겨울 햇살 같은 것
그래, 너였구나
시간도 공간도 존재하지 않는 곳에 두고 싶던
너
캄캄한 시간을 진공 속에서 삭히며
톱밥처럼 뜯어낸 살로
모래인형을 만들었구나
많은 세월, 일상의 살비듬 뿌옇게 묻어나던
갈등의 정체도 너였다니
끝도 없는 사막을 지나와
절벽으로 내몰리는 벼랑끝, 치떨리는 허무도
그래, 시시각각 그림자 뒤에 숨어서
몰래 구겨지는 시간을 훔쳐보던 눈빛도
모래 인형이었단 말이지.

김인육

잠룡 설화
조신(調信)의 바라밀
연서(戀書)

● 시작노트 ....

북한산은 언제나 말이 없었다. 봄도 여름도 가을도, 겨울도 마찬가지였다. 산 등성이쯤에서 누군가 부르는 소리에 화들짝 놀라 바라보면 구름과 바람이 무연히 제 갈길로 가고 있을 뿐이었다. 인간이여, 너희들도 제 갈길로 말없이 걸어가라는 묵시였을까? 그 적요의 겨울산을 오르면 또다시 부르는 소리가 들린다. 고독한 그 소리들은 골짜기마다 숨어서 형체도 존재도 알 길이 없다. 더러는 그것이 메아리라고 하였으나 나는 알았다. 억년 그리움에 사무친 저 산이 제 모가지를 뽑아들고 하늘을 향해 갈원했던 이름 하나가 하늘을 떠돌고 떠돌다 애절한 소리도 남았음을, 더러는 빗줄기 되기도 하고 더러는 눈발이 되기도 하면서…….

우리들은 누군가를 그리워하며 살아간다. 아니 그리워하며 죽어간다. 이승이 아니더라도 해후를 소망하기도 한다. 그래서 사랑은 살아 있는 자의 숭고한 존재의식이다. 하지만 사바의 속연이란 덧없는 것이다. 목숨보다 간절했던 사랑마저도 세월 속에서 바랜다. 그러나 어쩌랴, 우리가 살아 있음이니 살아 있음의 축복이 그 사랑에 있음이니…….

주민등록이 말소된 친구가 있다. 어릴 적 고향 동무인 그는 10년째 행방이 묘연하다. 그의 행적은 도무지 알 길 없고, 그가 남긴 발자국엔 유월의 잡풀처럼 소문만 무성할 뿐이다. 분명한 것은 그가 제법 작고 이쁘장했던 아내는 도망을 가고, 어린 자식들만 도토리알처럼 할머니에게 남겨져 있다는 사실 뿐이다. 호기에 찼던 젊은 날의 그는 어디로 사라진 것일까?

잠룡 설화

이무기가 산다
한 천년쯤 세월 지나면 용이 된다는
대한민국 수도 서울, 시청역 지하보도
용이 되지 못한 이무기가
더덕더덕 뻘 구덩이 땟국을
치욕처럼 두르고
삼일우를 기다리며
거기서 산다
비가 오지 않는 그곳에서
그는 선사시대 주술사처럼 자주
기우제를 올린다
더듬더듬 한 개비 주물을 꺼내어 후우 하고 마법을 건다
(그래도 콘크리트 하늘엔 비가 내리지 않는다)
그가 이곳에 연기처럼 흔적을 지우며 흘러왔듯이
푸르고 흰 연기가 구름인 양 허공을 흘러간다
흔적이 기억되지 이력
언제였던가
열일곱 중졸의 짧은 가방끈을 메고
무작정 상경했을 때가
답십리 양철공장에서 손톱 까맣던 세월을 지나
그가 깡통공장 사장이 되던 날
사람들은 그에게 개천에서 용났다고 했었다지
IMF인지 서양 아귀인지가

그의 휘어진 등짝에
I am F 라고 벌겋게 낙인을 찍고 간 후
깡통을 만들던 그는
깡통을 찼다
깡통 찬 까만 이무기가 되었다
서울시청 역사 한 모퉁이엔
아무도 모를 신비의 술법으로
기우제를 지내는
주술의 이무기가 산다
슬픈 전설의, 내 친구가 산다.

조신(調信)의 바라밀

어느 봄날
나, 꽃 같은 사랑 하나 하였네
하늘하늘 보기 좋아
그만, 바람까지 사랑하였네
꽃이 지는 줄도 모르고
사랑이 지는 줄도 모르고
꿈속까지 사랑하였네
까맣게 눈먼, 바보사랑 하였네
사랑을 사랑하였네
그리고는 영겁의 어둠이었네
세상으로 무량한 비 내리네
나, 맨발인 채로 빗물 되어 함께 흘러가네
바라밀다 바라밀다
마하반야 바라밀다
(미안하다 미안하다)
(사랑해서 미안하다)
네 돌무덤 적시던 눈물
흘러 흘러 바다로 가네
흘러 흘러 하늘로 가네.

연서(戀書)
―팡아에서

팡아만의 낯선 배를 탑니다
배는 툴툴거리며 함부로 물살을 휘젓습니다
당신도 늘 함부로 나의 바다를 휘저었었지
요배가 당도하는 곳은 늘 낯선 곳이듯
당신도 늘 낯선 곳에 당도해 있곤 하였습니다
팡아에는
바다에서도 자란다는 고뇌의 나무들이 섬을 이룹니다
그 나무들의 발들이 파도에 절어 내 눈이 다 시렸습니다
나도 당신의 바다에 절여진 뿌리를 쓰다듬으며
취하도록 술을 마십니다
그렇게 밀물처럼 차오르는 그리움들이
잠 못 든 발자국들을 다 지우도록
이름 모를 순정의 섬 하나 꼴깍 다 잠기도록
당신이 없는 바다에서 당신을 꼬옥 껴안아 봅니다
당신이야 썰물인 양 떠나고 또 떠나겠지만
모래톱 위 시린 발자국을
나는 심으며 짜디짠 바닷속에 뿌리를 내린
그 쓰라림의 나무가 되어
맨발인 채로 또 당신을 기다리겠습니다.

* 팡아: 태국 푸켓 인근의 해상 국립공원. 풍광이 매우 수려한 그곳엔 바닷물 속에 뿌리를 내린 특이한 나무들이 군락을 이루어 서식하고 있는데, 지난 번 지진해일 때도 이 나무 숲이 해일 피해를 현저히 줄여주었다.

김정임

연암의 울음터
소나무의 집을 보았다
붉은산꽃 하늘소

● 시작노트 ……………………………………………………………………………………………

　마음이 잡히지 않아 시를 쓰지 못할 때, 시가 영원히 내 곁을 떠나는 것 아닐까 하는 두려움이 백지 위를 불안하게 서성이곤 한다. 시의 열매를 맺지 못하고 아까운 시간만 헛되이 지나가는 것 같은 강박감. 쓰는 동안 이 강박관념에서 벗어나긴 힘이 들 것 같다.

　우주 속에 한 개체로 살아가며 내 그리움의 근원을 찾아가는 일을 멈추지 않을 것이다. 마음의 결을 옹이 진 데 없이 다듬어가며 시로 인해서 내 삶이 좀 더 행복해지기를 욕심도 부려 보기도 하면서, 내가 선택한 길, 가는 데까지 가야겠다.

　피할 수 없는 일이라면 너(시)로 인해 따르는 고통은 기꺼이 받아들이겠다.

연암의 울음터

1
그는 지금 울음터 한가운데 서 있다
요동 벌판에서 산해관까지 천이백 리를 달려와서
주저앉아 목놓아 울기 알맞은 곳
사방이 막힌 데가 없이 하늘과 땅이 맞닿아 있어
폭포 같이 목청을 빠져나온 시퍼런 울음이
가지에 걸려 넘어질 나무 한 그루 없어
울음의 여음까지 끌고 하늘로 빠져나가기 알맞은 곳
그 울음터에서 유한한 생을 슬퍼하며
목울대를 돋우어 시퍼런 울음을 끌어 올리고 있다.

2
산해관 울음터에서
그의 영혼의 울음소리를 품은 구름송이가
내가 있는 방까지 흘러들고 있다
그의 영혼은 아직도 울음터를 찾고 있는 중이다
울음을 구름송이마다 싣고
내 머리 위에 곧 떨어질 것만 같다
문득, 크게 제대로 울어 본 적 없는 내 울음주머니가
탱탱하게 부풀려지고 있다
연암의 구름송이와 만나 유한한 생을 슬퍼하며
나도 크게 한번 울고 싶었다.

소나무의 집을 보았다

수타산 중턱에서 커다란 적송 그루터기를 보았다
아직 바닥에 흩어져 있는 송화빛 톱밥이
숲으로 향기를 피워 올리고 있었다
이제 소나무는 200년의 생애를 밑동에 꾹꾹 눌러 담고
나이테 속으로 사라졌다
마음의 길을 가늘고 촘촘하게 새겨놓고 떠났다
틈 없이 새겨진 나이테의 흔적에서
소나무가 남긴 단단하게 여문 생의 기록을 보는 것 같았다
바람과 햇빛이 수만 번 다녀간 뒤
나이테의 빗금은 더욱 깊어질 것이다
소나무는 이제 지상의 집 한 채 완성하러 떠났다
단단하고 굵은 그의 흰 뼈가 사원의
배흘림기둥으로 서서
한 세월의 무게를 오랫동안 받쳐들 것이다
수타산 중턱 적송 그루터기는
온 숲을 채우기도 하고 다시 비우기도 한다.

붉은산꽃 하늘소

붉은산꽃 하늘소가
홍천터미널 대합실 바닥을 절룩이며 기어갑니다
누군가 하늘소의 다리를 밟았는지 절룩이며 갑니다
하늘소는 어디론가 떠나고 싶었을까요
속초행 버스를 타고 바다에 닿고 싶었을까요
아픈 다리를 겨우겨우 끌고 가는 하늘소
무수히 오가는 구둣발에 치일 것 같아
하늘소의 가슴에서 시작된 바다의 길이 지워질 것 같아
그 바다의 길이 지워지지 않도록 손수건으로 감쌌어요
붉은 더듬이를 창처럼 겨누며 저항하는
하늘소와 나 사이 팽팽한 기류가 흘렀어요
제 몸통보다 부풀어 오르는 두려움에
떨고 있는 하늘소를 보았어요

나는 속초행 버스를 타고 바다로 가면서
터미널 옆 풀숲에 두고 온 붉은산꽃 하늘소를 생각합니다
상처가 아문 자리에
바다의 길이 다시 시작되기를 바랐습니다.

김한순

함박꽃
한 남자가 아기를 안고 있다
조치원

• 시작노트 ....

남들은 다 아는데
나만 모르고 있었다.
시란 쓸모없는 짓(것)이라고

남들이 다 모를 때
나만 아는 게 있었다.
시란 쓸모없는 게 아니라고

쓸모없는 짐을
가슴에 안고 간다.

함박꽃

신림동 판자촌 205호
서너 평 남짓한 방
이불 한 채 베개 한 개
이단짜리 서랍장 한 개
화투 한 투가 전부인
할머니는
반쯤 굽은 등을
지팡이에 기대고
저녁 준비를 합니다
흰 쌀 반 컵 찹쌀 반 컵
솥에 안치고
멸치 두어 마리 집어넣고
된장국을 끓이고
봉사단 청년이 담가다 준
김치 서너 줄기 죽죽 찢어
김이 모락모락 나는 하얀
밥숟가락 위에 얹습니다
함박꽃처럼 웃으며
대접에 있는 물을
들이킵니다.

한 남자가 아기를 안고 있다

다동 A라인 현관 앞
한 남자가 아기를 안고 있다
분홍색 포대기에 싸이고
파란 양말을 신은 아기발이 비친다
밤 아홉 시 반,
현관문에 걸려 있는 백열등은
남자가 움직일 때마다
켜졌다 꺼졌다 자동으로 움직인다
그 남자
아기의 얼굴을 한참 들여다보고
가슴으로 바짝 쓸어안고
흔들흔들 한다
꺼졌던 불이 들어온다
다시 불이 나간다
헤드라이트 켜진 차가 들어온다
아기를 안고 있던 남자
몇 계단을 내려왔다 다시 현관 앞에 붙어 있다
아기가 칭얼댄다
조금 전보다 많이 흔들흔들 한다
가슴까지 얼굴을 끌어당긴다.

조치원

일곱 살 때
양자를 간 동생을 데리고
조치원 큰댁에 갔을 때 일입니다
손에 누룽지를 들고 이십 리를 걸어
큰집에 다 달았을 때 맨발로
뛰어나오시던 큰어머니
아이쿠, 내 새끼 내 새끼
동생 손을 잡아끌며 마루로 올라가고
뒤따라 고무신을 벗으려는데
애, 기집년이 어디를 올라와
넌 대문 밖에 있어

해가 등줄기를 지나고
땅재기를 하고 지워도
동생은 나오지 않았습니다
손에 쥔 누룽지가 다 없어지고
그려놓은 동그라미를
발꿈치로 수없이 지우고
손가락 마디는
돌가루에 하얗게 되었습니다
누렁개도 보이지 않고
땅거미가 지고 있었습니다.

나순자

덕적도 기억
흑백사진
차(茶)밭 그 언저리

● 시작노트 ....

나를 끌고 가는 게 있다면 그게 뭘까?
행여 나를 밀고 가는 게 있다면 그게 뭘까?
바람소릴 들으며 문득 찾아낸 것
그건 너무 오래 가슴에 묻어두어 하얗게 바랜
지난날의 꿈이 아닐까.
운전은 나를 항상 긴장시키지만 늘 혼자서 길을 간다
길 끝에 있는 흙과 글과 몰입을 찾아서…….
차창으로 스치는 많은 풍경
오가는 차량들 속에 비로소 나는 외롭다.
차를 몰고, 물고기가 노니는 연못이란 뜻을 가진 동네, 어유지리로 간다.
건물이 따라 오고 들판이 끌려오고
나무들이 나와 함께 하늘을 달고 온다.
흙과 땀 찾아가는 그곳은 내 영혼의 제련소
하늘처럼 맑은 사람 향기가 있고
아직도 삭이지 못한 뜨거운 시간이 있다.
흙을 빚는 일은
나의 몸 어딘가를 누르면 넘쳐흐를 것 같은 영혼의 눈물을 담을
작은 사발 하나 만드는 일이다.
아무 곳에나 흩어져 있는 그 평범함

아무렇게나 뒹구는 그 자유로움을 모아 생명을 잉태한다.

모든 비범이, 모든 자유가, 모든 쓸쓸함이 넉넉하게 빛나는 흙작업을 하며

그분이 보내신 귀한 것들을 돋보이게 담기 위해

나는 詩라는 멋진 그릇을 택했다.

그러나 詩가 금방 손에 들어오고

작은 가슴에 다 들어왔다면

나는 진작 詩를 포기했을 것이다.

흙이 생각대로 만들어지고

불이 내 마음대로 조정되었다면

이미 흙을 버렸을 것과 같이…….

이들은 나에게 겸손을, 보잘것없음을 배우라 한다.

나에게 불쑥 불쑥 고개 드는 교만을 잠재우라 한다.

언제나 내 것이면서 한번도 내 것이 아닌

영원히 아득하여 사랑할 수밖에 없는 것들

그래서 오늘도 흙을 만지고 글을 쓴다.

덕적도 기억

바다가 나를 안고
바람을 뚫고 걸어간다
섬이 게워낸 안개로
최면에 걸린 기억

그 뻘밭에 엎드려
지나간 세월을 줍던 아낙들도
뻘 속 같은 집으로 들어가고
그들이 건지고 간 꿈의 무덤이
숭숭 구멍 속에 외롭다

세한도가 걸려 있는 주막을 뒤로하고
비와 함께 걷는다
발아래 떨어져 쌓여 있는 주검을 보니
홍송이구나

섬은 얼마를 더 젖어야
가라앉는 것일까

한 사발의 소금물로 남을
덕적도 기억.

흑백사진

지하철을 타면
사물이 흑백으로 보인다

퇴근시간 2호선 선릉역에서
문득 그를 보았다

피곤한 하루를 손잡이에 매달고
나의 곁을 미끄러져 가는 세상
차창 안의 의미 없는 선전 글귀
왁자지껄한 핸드폰 통화소리를
젖은 몸속에 구겨넣으며
친구를 향해 웃고 있는 그를 보았다

그가 왜 거기 있을까

전동차의 굉음을 내는 속도 위에서
30년간 밀봉된 흑백사진 한 장을 보았다

지하철을 타면
나는 사물이 흑백으로 보인다.

차(茶)밭 그 언저리

잘 익은 이라보 유약으로 구운
작은 찻잔 속

기억이 온통 초록으로 범람하는
茶밭

속살 헤집고 길어 올린
펄떡펄떡 숨쉬는 이 강물을
한몸 다 젖지 않고
어찌 온전히 건널 수 있었을까

마침내 참새 혓바닥만큼 졸아붙은 잎
그 작은 그늘 속으로 들어가는
가벼워서 쓰러질 나의
휴식

불꽃처럼 타오르고 싶던 어제만
담담한 액체로 녹아 있다.

문학을 알고 예술을 감상하면서 가슴 가슴에 온기를 흘려 보내고, 영혼을 앓아가면서 인간의 진실과 본성에 다가가기 위해 '강남시문학회' 는 시를 쓴다.

문학을 알고 예술을 감상하면서 가슴 가슴에 온기를 흘려 보내고, 영혼을 앓아가면서
인간의 진실과 본성에 다가가기 위해 **'강남시문학회'** 는 시를 쓴다. _책머리에 중에서